वह नीली साड़ी

डॉ.लाला आशुतोष कुमार शरण

First Published in December 2021

ISBN: 978-93-5472-885-3

BLUEROSE PUBLISHERS
www.bluerosepublishers.com
info@bluerosepublishers.com
+91 8882 898 898

Cover Design:
Aveek

Typographic Design:
Rohit

Distributed by: BlueRose, Amazon, Flipkart

समर्पण

अर्धांगिनी प्रमोदिनी शरण

की

प्रेममय स्मृतियों को समर्पित

भूमिका

डॉ.लाला आशुतोष कुमार शरण के कहानी-संग्रह "वह नीली साड़ी" को पढ़ कर लगा मानो उम्दा शायरों के मुशायरे से वापस आया। ये कहानियाँ मर्मस्पर्शी हैं, गजल-सरीकी। इनमें मतला भी है, मक़्ता भी और क़ाफ़िया भी। एक मंजे हुए लेखक की इन कहानियों के पढ़ने का आनंद अद्वितीय है। कहानियों के सूक्ष्म-शिल्प का इनके संदेशों पर मजबूत प्रभाव है।

जहाँ “वह नीली साड़ी" और “सुनो तो" में प्रेम और त्रासदी हावी है वहीं “घूरा का बेटा" और “बिहारी" में सामाजिक और आर्थिक व्यवस्था की सटीक प्रस्तुति है।

आशुतोष जी की इन कहानियों में जितनी ग्राह्यता है उतनी ही गहराई भी।ये रूचिकर भी हैं और प्रभावशाली भी।स्टेशन मास्टर धर्मिष्ठ के चरित्र में मुझे अपने परिवार के बुजुर्ग दिखे। प्रो. मणिराज (“बिहारी") के आत्मविवेक में हम सब का अंतर्द्वन्द्व दिखा। किराना-दुकान चलानेवाले निम्न मध्यमवर्गीय गोवर्धन दास (“घूरा का बेटा") अपने समाज में कभी-कभी दिखता है बिरला ही सही।लेकिन जब भी दिखता है, आदर का पात्र होता है।

लेखक की शैली और कथानक में संतुलन है, पूर्वाग्रह नहीं। हालाँकि कथाओं के चरित्र विविध हैं और चरित्र-चित्रण यथार्थवादी।जहाँ एक ओर भाविनी, गुंजिता और माधुरी का त्याग है, शालीनता है, वहीं दूसरी ओर विभा का षडयंत्र है और गुंजिता का संशय।धर्मिष्ठ और वशिष्ठ की वेदनाएँ एक अधूरे अनन्त में समाप्त हो जाती हैं, लेकिन मणि सच्चाई की क्रूरता को स्वीकार, अपने अंतर्द्वंद्व का निष्कर्ष ढूंढ निकालता है।“मुझको मेरे ही सामने नंगा कर दिया ('बिहारी')।" वशिष्ठ का पत्नी-प्रेम, मणि का क्रूर आत्म-साक्षात्कार और धर्मिष्ठ के पिता की असंवेदनशीलता, इन सब में हमारे जीवन, परिवार या समाज के किसी हिस्से की झलक है।

इन चार कहानियों में समाज के अनेक पहलुओं का सजीव चित्रण है।वैयक्तिक आत्म-संघर्षों को शून्य-भाव से पहचान लेने की चेतावनी है।

एक कहानी पढ़ना शुरू करेंगे तो अंत तक पढ़ते जाएंगे।

शुभकामनाओं सहित,

डॉ. प्रशान्त दास

सह-प्राध्यापक,

भारतीय प्रबंध संस्थान, अहमदाबाद।

29 अक्टूबर, 2021 / अहमदाबाद

अपनी बात

मानव द्वारा अवलोकित आसपास घटती घटनाएं, स्वयं द्वारा भोगे गये खट्टे-मीठे यथार्थ , कही-सुनी बातें उसकी चेतना में आकर अनुभव के रूप में, कभी अवचेतन मन और कभी अचेतन मन में संग्रहित होती रहती हैं।ये संचयित बातें मानव मन को अंजाने ही प्रभावित करती रहती हैं, कुछ स्वतः और कुछ विशेष परिस्थितियों में वाह्य कारकों द्वारा प्रेरित होकर। जब ये किसी साहित्यकार के मन को प्रभावित करती हैं तो उसकी लेखनी से कविता और कहानी का सृजन होता है।जब लेखक अपने वर्णित पात्रों के साथ जीने लगता है तो उसकी रचनाएं जीवंत हो उठती हैं।

इस पुस्तक की चारो कहानियों का जन्म भी मेरे भोगे यथार्थ पर आधारित हैं, लेकिन ये सत्य कथा नहीं हैं। इन कहानियों का किसी भी जीवित या मृत व्यक्ति से कुछ भी लेना-देना नहीं है। सदृशता एक महज़ इत्तेफाक होगा।

मैं न कोई पेशेवर कहानीकार हूं और ना अभ्यस्त साहित्य सृजनहार हूं।एक ऐसा मनमौजी लेखक हूं जो अपने ही शब्दों में बयां करता है-

कलम की स्याही में मन को डुबो रखा है

वक्त देता नहीं इधर-उधर भटकने का

लेखनी उसे ख़्वाबों में भरमाए रखती है

मेरी कहानियां मेरे दिल की उपज हैं, सृजित नहीं। 'बिहारी' की कहानी लिखते समय ऐसा लगा जैसे मैं हीं प्रोफेसर मणिराज(मणि)हूं। 'वह नीली साड़ी' लिखते हुए, उसकी नायिका भाविनी में मुझे मेरे किसी अपने की सूरत दीखती थी।इस कहानी ने मुझे अनेक अवसरों पर भावविह्वल किया।'सुनों तो' को क़लमबंद करते समय गुंजिता ने जहां भावप्रवण किया, वहीं सहृदय वशिष्ठ की लाचारी ने चित्तक्षोभित किया। 'घूरा का बेटा' के तीनों मुख्यपात्र, मुरलीधर, गोवर्धन और माधुरी मेरे दिल में रच-बस गए थे।

मैं, आइआइएम अहमदाबाद के प्रोफेसर प्रशांत दास एवं कवि तथा साहित्यकार श्री हेमन्त दास 'हिम' का तहेदिल से आभारी हूं कि अपनी अति व्यस्तता के बावजूद, समय निकाल

कर मेरी कहानियों को धैर्यपूर्वक पढ़ा और अपने बहुमूल्य विचार प्रकट किए।अंत में इन कहानियों के पाठकों से अनुरोध है कि अपने विचार और सुझाव मुझे दें।

लाला आशुतोष कुमार शरण
मोबाइल नं.9334542563
ईमेल lalaashutoshkumar@gmail.com

अनुक्रमणिका

बिहारी

बचपन में मेरे द्वारा नोचे जाने और दांत से काटे जाने का जितना दर्द मैंने उसे दिया था, उससे कहीं ज्यादा चोट उसके स्नेही मन को आज मेरे व्यवहारने दिया। उल्हास भरी आवभगत की उसकी अपेक्षा को चूर-चूर करते मेरे ठंढ़े व्यवहार से आहत वह कुछ देर तक तो बैठा रहा, फिर उठकर मायूस क़दमों से वापस अपने गांव चला गया।

वह चला तो गया, परंतु मुझे मेरे बचपन की अमूल्य यादों की सौगात देता गया। मेरे मन ने मुझे धिक्कारा,"प्रोफेसर मणिराज साहब दिल पर हाथ रख कर कहना, क्या बिहारी इसी ठंढ़ी अनुक्रिया का हकदार था?"

1

जब भी मेरे बचपन का बखान मेरी मां करती है, तब वाली पहचान बताना नहीं भूलती।बताती है कि मेरा नाम 'मुंहनोचवा'और 'दांतकटवा' हुआ करता था। गुस्साने पर सामने वाले का मुंह नोच देना या दांत काट लेना मेरी आदत थी।इसके लिए किसी को बख़्शता नहीं था, चाहे छोटा हो या बड़ा। सबसे ज्यादा भुक्तभोगी हमउम्र मामा थे या फिर हमारा नौकर बिहारी था। विश्वास नहीं हो तो छोटे मामा के बाहों को देखलो या बिहारी के मुंह पर नखों के निशान और बाएं हाथ की कानी उंगली देख लो। बेचारा बिहारी सब कुछ सहता रहता था। लेकिन क्या मज़ाल कि कभी तंग आ कर रूठा भी हो।वह हमारे यहां तेरह बरस की उम्र में आया था।

उस दिन रविवार था परन्तु मेरे पिता किसी काम के सिलसिले में शहर से बाहर गए हुए थे।बाहर दरवाजे पर दस्तक हुई और किसी ने पुकारा मुख़्तार साहेब हैं? अम्मा ने पूछा

"कौन?"

बाहर पूकारने वाले ने कहा,"हम हैं मालकिन,बनवारी।साहब के काम से आए हैं। बिहारी को साथ लेकर आए हैं।"

"अच्छा-अच्छा,ठहरो। दो मिनट में आती हूं।"कुछ देर बाद मुझे पकड़े हुए बाहर बैठके का दरवाज़ा खोलकर मां ने कहा,"अच्छा तो ये है तुम्हारा बेटा बिहारी?"

"जी मालकिन।"

बिहारी को मां ने संबोधित किया,"क्यों बिहारी हमारे यहां रहेगा?इस शैतान को सम्हाल लेगा?"

बिहारी कुछ नहीं बोला। सिर झुकाए, पैर के अंगूठे से जमीन खोदता रहा। बनवारी ने बेटे को उत्साहित करने के उद्देश्य से बिहारी की ओर देखते हुए कहा,"बहुत लेहाजी है मालकिन।.. ...बोल बाबुआ।..हम तो आते ही रहेंगे। ... रहेगा मालकिन, रहेगा। धीयानसे छोटे साहब का देखभाल करना।"

नाश्ता-खाना के बाद, बनवारी बिहारी को सौंप, अपने गांव छोटकी सोनदिया लौट गया। बिहारी दुबला-पतला ऐसा कि पूछिए मत।गालें पिचकी हुईं,छाती की हड्डियां स्पष्ट दिखाई देती हुईं, चाहो तो पसलियों को आसानी से गिन लो। लब्बोलुआब यह कि चलता-फिरता हड्डियों का ढांचा था वो। बाबूजी जब घर लौटे तो उसे देख कर माथा पीट लिया। बोले,

"मणि की मां ये छोकरा हमारे बच्चे की देखभाल करेगा कि हमें इसकी देखभाल करनी होगी?अरे इसे वापस भेजो। उसी वक्त रखना नहीं चाहिये था न।"

मां ने कहा,"आपने बुलाया था, मैं कैसे मना कर देती?अब आप जानिए आपका काम जाने।"

2

बिहारी में उम्र की चपलता नज़र नहीं आती थी। मां बताती है कि,'हमारे यहां का खान-पान, हवा-पानी उसे ख़ूब रास आया। तीन महीने बीतते-बीतते देह भर गया, भीतर धंसी आंखें,पिचके गाल जगह पर आ गये। लेकिन चपलता ग़ायब थी,ग़ायब ही रही।अब उसे कुछ-कुछ हल्के काम सौंपे जाने लगे। मेरे पिता के अनुसार, 'उसे जो मुख्य काम तुम्हारी मां ने सरल कार्य मान कर दिया था,वही उसके लिए सबसे चैलेंजिंग काम था। और वह था मुझ जैसे दुष्ट-चंचल बालक को सम्हालना।'वह जी-जान से मेरी देखभाल करता था। बाहर गली में निकलने से रोकते समय कितनी बार उसके मुंह मैंने नोचे होंगे, उसका प्रमाण आज भी उसके चेहरे पर दिख जायेगा। हमारे घर के पास ही एक ठाकुरबाड़ी थी।हर रोज़ आरती के समय मुझे वहां ले जता था।वह जगह मुझे पसन्द थी। गर्भगृह से लगता हुआ सामने की ओर, दर्शकों के लिए विस्तृत खाली स्थान था, जिसमें इधर-उधर भागने में बहुत मज़ा आता था।वह मेरे पीछे-पीछे भागता और मैं पूजा की तश्तरी में रखे प्रसाद पर झपटता तो रोकता,घंटी बजाने के लिए लपकता तब रोकता,शंख उठाना चाहता तो लपक कर गोद में उठा लेता और मैं गुस्से में मुंह नोच लेता ।वह मुझे गोद में उठाये, मुंह नुचवाते घर की ओर चल देता। घर पहुंचकर जैसे ही गोद से उतारता कि चीत्कार कर रोने लगता और उसकी उंगलियों या हथेलियों को दांत से काटने की कोशिश करता।वह बचने केलिए लिए मां के पास भाग कर जाता। मैं भी पीछे-पीछे भागता और मां की धमकियों को नज़रंदाज़ कर बिहारी से उलझ पड़ता।हार कर वह हथेली को मेरे सामने कर देता, "लो बबुआ काटो।अब काल्ह से तुमको ठाकुरबाड़ी नहीं ले जाएंगे हम। घर में ही बन्द रहना।"मैं और ज़ोर से रोने लगता तो कहता,"कितना भी रोओ,देखना काल्ह से तुमको नहीं ले जाएंगे हम।"लेकिन अगले दिन वह सब भूल जाता।करता भी क्या?वही तो एक जगह थी जहां पहुंचते ही उसे अपार सुख की अनुभूति होती थी।वरना दिन भर तो उसे मुझ जैसे शैतान बच्चे को झेलना ही पड़ता था। उसके लिए दूसरा सुकून भरा समय होता

था सावन माह जब हमारे मुहल्ले में सोमवारी मेला लगता था।मेले के चहल-पहल में सजी-धजी दुकानें, विभिन्न आकृतियों वाले बैलून, ललचाती लकठो, मनभावन तील-मूंगफली के चीनीया पाग, बिहारी को विमोहित करते थे।जेब में मां की दी हुई एकन्नी पाकिट में रख शहंशाहों की तरह मेले में मटरगश्ती करता परन्तु अनिर्णय में कुछ खरीद नहीं पाता था। 'चलो,बाद में जब बबुआ को लेकर आयेंगे न,तब देखा जाएगा।',ऐसा सोच वह वापस लौट जाता। फिर शाम को पिताजी के कचहरी से लौटने के पूर्व मुझे लेकर पुनः मेला घूमने निकल जाता। मां मेरे लिए अलग से दोआने की राशि खर्चने के लिए दे देती थी। मुझे लेकर मेला घूमना कोई हंसी-ठट्ठा नहीं था।कभी ये खिलौना,कभी वो खिलौना,कभी बैलून तो कभी मिट्टी का बिगुल बाजा के लिए मचल जाता। नहीं खरीदने पर उसकी दुर्गति शुरू हो जाती थी।अपना और मेरा, दोनों के हिस्से के पैसे अकेले मेरी फरमाइशें पूरी करने में खर्च कर देता। मन मसोस कर मिठाईयों को ललचाई नज़रों से देखते हुए मुझे लेकर वापस घर लौट आता।ऐसा स्वार्थहीन,कर्मठ,कोमल ह्दयी, बच्चों से प्यार करने वाला लड़का था वह।

3

अब मैं स्कूल जाने लायक हो गया था। हमारा शहर नगरीय परिवेश में गांव समेटे हुए है।यह सही है कि यहां किंडरगार्टेन स्कूल नहीं हैं,न लोअर केजी है न अपर केजी, सीधे बच्चा क्लास। उसके बाद पहली, दूसरी, तीसरी कक्षाएं होती थी।गंवारू शहर समझने की भूल मत करिएगा। यह शहर, प्रदेश को देश के शास्त्रीय संगीत के नक्शे पर पहचान दिलाने वाला शहर है।पच्चास के दशक के प्रारंभिक वर्षों में भारत का कौन ऐसा नामी-गिरामी संगीतज्ञ होगा जो यहां के संगीत सम्मेलनों में अपनी कला की बानगी ना दिखा चुका हो। इस शहर के अपने तौर-तरीके हैं।शिक्षा के छेत्र में भी सबसे अधिक साक्षरता इसी शहर और जिले में है। तीन वर्ष

की उम्र में मुझे बच्चा क्लास में प्रवेश करा दिया गया। कक्षाएं सुबह आठ से ग्यारह बजे तक चलती थीं। बिहारी का काम था मुझे ठीक साढ़े छः में जगा देना जिस में कितनी बार मेरी लातें खा चुका था,लताड़े झेल चुका था।उसको कोई फर्क नहीं पड़ता था,उठा कर बैठा ही देता था,चाहे मैं दांत काटने में सफल क्यों न हो जाऊं। मुझे नहलाने-धुलाने के बाद स्कूल ड्रेस पहनाकर मां के सामने लाता था।वह मुझे नाश्ता कराती थी और फिर उछलता-कूदता बिहारी के साथ स्कूल चला जाता था।

शिशिर के प्रारंभिक दिन थे जब एक दिन उसका बाप जोन्हरी का चिउड़ा और लावा दे गया।

जोन्हरी का चिउड़ा मुझे बहुत स्वादिष्ट लगा। चार-पांच दिनों में ही उसे खाकर ख़त्म कर दिया।मेरे मांगने पर मां बोलती थी,"सब तो खा गया, अब कहां है जो दूं?" मुझे कुछ नहीं सुनना था,बस चाहिए तो चाहिए।कहीं से लाकर दो मगर दो।वह तो मेरे मुंह लग गया था, नहीं मिलने पर रोना-धोना चालू हो गया। संध्या जब पिता जी कचहरी से लौटकर चाय पी रहे थे, तब उन्होंने ने मुझे नहीं देख, मां से पूछा,

"मणि कहां है? बिहारी को बाहर कुआं के चबूतरे पर बैठे देखा। कुछ उदास लग रहा था।"

"मणि रो-रोकर थोड़ी देर पहले सोया है।"मां ने बताया,"बिहारी भी खालीपन महसूस कर रहा होगा। कुछ ही देर पहले तो हमसे पूछकर गया है।कुआं पर बैठा होगा।अपने मां-बाप, गांव के खेत-खलिहान को याद कर रहा होगा।"

"मणि रो-रोकर क्यों सोया है?कुछ ज़िद पकड़ा होगा जो पूरा नहीं किया गया!इसको कभी-कभी डांटा करो। दिन-प्रतिदिन इसका ज़िद्दीपन बढ़ता ही जा रहा है।"

"अभी बच्चा है,इस उम्र के बच्चे कमोबेश ऐसे ही होते हैं। जैसे-जैसे उम्र बढ़ती है वैसे-वैसे समझ बढ़ती है। चिंतित मत होइए।"

फिर मां ने जोन्हरी के चिउड़ा वाली बात पिताजी को बताती। अगले दिन पिताजी ने अपने गांव ख़बर भेजकर जोन्हरी का दो सेर चिउड़ा मंगवाया।

4

आज पांच साल हमारे यहां रहने के बाद ,बिहारी नौकरी छोड़ अपने गांव चला गया। बनवारी आया था और बताया कि बेटे का गौना तै हो गया है।अब बिहारी अपना घर सम्भालेगा, गांव पर ही रहेगा।वह बेटा को साथ ले गया। उस समय मैं आठ वर्ष का था और चौथी कक्षा में पढ़ रहा था। कुछ वर्षों तक वह साल में एक बार मिलने आता रहा। अपने साथ अपनी माई से जोन्हरी का ताज़ा चिउड़ा कूटवा कर मेरे लिए लाता रहा। धीरे-धीरे अपने घर-गृहस्थी में रम गया और आना बंद कर दिया। मैं भी अब कालेज में पहुंच गया था।अपनी पढ़ाई में व्यस्त हो गया। मेरी स्मृति के अंध-तमस में वह कहीं खो गया।वर्ष पर वर्ष बीत गए मैंने एमए की पढ़ाई पूरी कर ली। सौभाग्य से अपने ही शहर के एक प्रसिद्ध कालेज में लेक्चरर की नियुक्ति मिल गई।पूरे परिवार में खुशी की लहर दौड़ गई। मुझे तो मानो लाट साहब के पद पर नियुक्ति मिल गई हो, चाल-ढाल ही बदल गये।सीना तानकर कर शहर के बाजार, मंदिर आदि में जाने लगा। घमंड तो नहीं लेकिन एक विचित्र प्रकार का अक्खड़पन मुझमें दिखने लगा।एक दिन की बात है। बनवारी आया था। उसे खासकर मुझसे मिलना था।वह ग़रीबी से त्रस्त व्यक्ति अपने इकलौते बेटे बिहारी का इलाज नहीं करा पा रहा था। पैसे उसके पास थे नहीं, पैरवी भी नहीं थी कि सरकारी अस्पताल में सही से इलाज करवा सके। बिहारी को क्षय रोग हो गया था। बनवारी अपनी बात कह रहा था परन्तु मेरा ध्यान तो कालेज की ओर था। आज भी फर्स्ट पिरियड क्लास था।कल लेट पहुंचने पर प्राचार्य महोदय ने मुझे लज्जित कर दिया था। आज किसी भी कीमत पर दस मिनट पहले ही पहुंचना होगा।नयी-नयी नौकरी के प्रारंभ में ही लेट लतीफी का तगमा गले में लटका कर पूरे कार्यकाल में घूमते रहना, कहां की बुद्धिमानी

है।सो हां हूं करता हुआ टाई का नॉट बांधा और चमचमाती हुई साइकिल पर सवार होकर कॉलेज निकल गया।वह खड़ा मुझे देखता रहा। मां बैठके के बगल में स्थित पूजा कक्ष में पूजा कर रही थी। उसने सब सुन लिया था।मां ने उसे रुकने को कहा और पूजा समाप्त कर आई और उसे कुछ रुपए देकर विदा किया।

आज पहली तारीख़ थी। तनख़्वाह मिली थी। विचार आया कि बिहारी के उपचार के लिए कुछ पैसे भेजवा दूं। घर आया तो पूरी तनख़्वाह मां के हाथों में सौंप दी और अपने लिए पच्चीस रुपए रख लिये। दो सौ पैंतीस रुपए प्रतिमाह वेतन था मेरा।'अब बिहारी को उसमें से क्या दूं? मेरे खर्च तो पूरे होने से रहे। जाने दो, मेरे कुछ रुपयों से उसका पूरा इलाज तो हो नहीं पायेगा। फिर क्या फ़ायदा अपना खर्च काट कर उसे रुपए देने का?' मन को इस तर्क द्वारा सम्बल दे, बिहारी के बाप के दर्द को भूल गया।दिन बीतते गए। बनवारी फिर मिलने नहीं आया। मुझे लगा कि बिहारी को टीबी निगल गई और उसे भूल गया।

5

उस समय से आज तक बिहारी मेरी याददाश्त से बाहर ही रहा। स्मृति पटल से उसका नाम लगभग मिट चुका था। इसी बीच मेरी शादी सम्पन्न हो गई। कुछ दिनों बाद एक बूढ़ा सा मरियल इंसान, एक गंदी सी पोटली गमछा में बांध कंधे से लटकाए आया। पोटली को बैठका की सीढ़ियों के किनारे रख कर दरवाज़ा के बगल में बैठ गया। रविवार का दिन था। मैं अपने दो हम-उम्र कालेज के सहकर्मियों के साथ बैठका में गप्पें मार रहा था।उधर वह मरियल इंसान असमंजस में था कि भीतर बैठे मुझसे कैसे मिले। इसी असमंजस की स्थिति में कितनी बार भीतर झांक चुका था। लेकिन मुझे आवाज़ लगाने की हिम्मत नहीं जुटा पा रहा था।मेरी छोटी बातूनी बहन ने ,जो बाहर कहीं से आ रही थी,उकको भीतर झांकते हुए देख लिया।वह उसके पास आयी।डांटते हुए पूछा,"कौन हो तुम? बार-

बार भीतर क्यों झांक रहे हो। क्या चाहिए?भिक्षा लेना हो तो सुबह में आना चाहिए था न?हम दोपहरी में भिक्षा नहीं देते।जाओ, अगले रविवार को आना।अभी चलो खिसको।"वह जाने के लिए तैयार नहीं दीखा तो गरज पड़ी,"सुना नहीं मैंने क्या कहा।अभी जाओ,अगले रविवार को आना।"

आखिरकार उसने मुंह खोला,"दीदी हम भिखारी नहीं हैं।हम बिहारी हैं, मणि बबुआ के नौकर।

बहन की आवाज़ सुन मैं दरवाजे की तरफ बढ़ा, लेकिन बिहारी की आवाज़ सुनकर, पर्दे के पीछे ही ठिठक कर खड़ा हो गया।वह कह रहा था कि,

"हमरा बुबुआ परफेसर बन गया है।बीयाह(ब्याह) भी होगया है।बस आसीरबाद देने आए हैं।" पर्दे के पीछे खड़ा हो कर मैं सब सुन रहा था। मेरे सहयोगी भी सुन रहे थे उन्हें खाना खा कर जाना था और भोजन के लिए मां के बुलाने की प्रतीक्षा हो रही थी। मैं पर्दे से बाहर निकल आया और पूछा,

"क्या है बिहारी?जो कहना हो झट-पट कहो। मेहमान भोजन के लिए तैयार बैठे हैं।"

"बिसेस (विशेष)कछु ना ही बबुआजी। तुमको आसीरबाद देने आ गया।परफेसर साहब बन गये, बियाह भी होगया। हमको तो बुधना ने बताया तब जाके मालुम हुआ।इ तोहारे खातीर लाए हैं।इ तुमको बहुत पसंद है न।"

"अच्छा, बिहारी इसे दरवाज़े के बाहर कोने में रखकर जाओ।"और मैं वापस मित्रों के पास चला गया।

बचपन में मेरे द्वारा नोचे जाने और दांत से काटे जाने का जितना दर्द मैंने उसे दिया था उससे कहीं ज्यादा चोट उसके स्नेही मन को आज मेरे व्यवहारने दिया। उल्हास भरी आवभगत की उसकी अपेक्षा को चूर-चूर करते मेरे ठंढ़े व्यवहार से आहत वह कुछ देर तक तो बैठा रहा, फिर उठकर मायूस क़दमों से वापस अपने गांव चला गया। रात्रि भोजन के

बाद जब मैं छत पर टहल रहा था तो बिहारी की यादें उभरने लगीं। धीरे-धीरे बचपन के वे सारे दृश्य मेरे स्मृति पटल पर चलचित्र की भांति उभरने लगे। जैसे जैसे उसके साथ बीते दिनों की यादें आती गयीं, वैसे वैसे मेरी बेचैनी बढ़ती गयी। मैं भागता हुआ नीचे गया।बैठके का दरवाज़ा खोला और गंदे पोटली को उठाया।अब खोलते हुए भी पोटली घिनौनी नहीं लगी। उसमें कब का संजोया जोन्हरी का चिउड़ा रखा था।वह काफ़ी पुराना लग रहा था,खाने योग्य तो क्या छूने योग्य भी नहीं था। पर उसने पुरानी बातें याद दिला दीं।वह चला तो गया परंतु मुझे मेरे बचपन की अमूल्य यादों की सौगात देता गया। मेरे मन ने मुझे धिक्कारा,"प्रोफेसर मणिराज साहब दिल पर हाथ रख कर कहना, क्या बिहारी इसी ठंढ़ी अनुक्रिया का हकदार था?"

उस बार की बात याद आने लगी जब सोमवारी मेले में चीनी की बनी रूई जैसी 'हवा की मिठाई' के लिए मचल उठा था। बिहारी के पास पैसे कहां थे? अपने और मेरे दोनों के हिस्से के पैसे केवल मेरे खिलौनों एवं भोंपू खरीदने पर खर्च कर चुका था।वह बेबस था,पर मुझे तो चाहिए ही चाहिए था। अतः मुझे जबरदस्ती गोद में उठाकर घर की ओर लौट पड़ा। मैं उसका मुंह नोचता रहा,दांत काटता रहा लेकिन घर लौट कर ही दम लिया उसने। घर में घूसते ही मैं चिल्लाकर कर रोने लगा और उसे नोचने लगा। मां ने आकर छुड़ाया। बिहारी को तो जैसे काठ मार गया हो,डर सा गया था वो। मां समझ गई बोली,

"बिहारी बेटा घबरा मत।तूने कुछ नहीं किया है। कुछ चीज इसके मन का खरीदना बाकी रह गया होगा उसी से रो रहा है।"

मां की नज़रें बिहारी के मुंह से निकलते ख़ून पर पड़ीं। वह बोली,"इस दुष्ट ने तेरा मुंह बुरी तरह से नोंच दिया है।जरा हथेली तो दिखा?"हथेली पर दांत काटने के ताज़ा घाव थे।अब तो मां का पारा चढ़ गया और मेरी पिटाई शुरू हो गई। बिहारी से देखा नहीं गया मुझे लेकर छत पर भाग गया। ऐसे इंसान के साथ मैं इस प्रकार पेश आया।उस समय तो भीतर ही भीतर क्रोध से भरा हुआ था कि कहां से यह गंदा मरीयल इंसान, गंदी

सी पोटली देने मुझे, प्रोफेसर मणिराज साहब को देने आ गया? पर मैं शांत रहने का दिखावा करता हुआ केवल ठंठी प्रतिक्रिया ही देकर रह गया। क्योंकि मैंने दोस्तों में अपनी छवि एक सहृदय,दयावान, ग़रीबों-कुचलों के प्रति हृदय में विशिष्ट स्थान रखने वाले के रूप में बना रखी थी। अपना असली चेहरा उनके सामने क्यों उजागर करता? उन्हें मेरे अन्दर छीपे ग़रूरधारी निष्ठूर व्यकि का भान नहीं था। ख़ुद मुझे ही अहसास कहां था? मैंने जो अपना रूप देखा तो व्यथित हो उठा। शुक्र है मेरी नई-नवेली पत्नी नैहर गयी है। वरना मां को तो अपने सुपुत्र के असली चेहरे का आभास आज तो मिल ही गया होगा , पत्नी जिसके साथ पूरा जीवन बीताना है उसकी नज़रों में भी आज गिर जाता। आज बिहारी के आगमन ने मुझको मुझसे मिला दिया, मुखौटे के भीतर छिपे मेरे असली चेहरे को मेरे सामने खड़ा कर दिया। मुझको मेरे ही सामने नंगा कर दिया।

सुनो तो

एक विख्यात कॉलेज की नौकरी छोड़कर घर संभालना कोई छोटी बात नहीं थी। खुले स्वछंद जीवन को त्याग, गृहस्थी की बंद महल में स्वयं को कैद कर देना, हंसी खेल नहीं। लेकिन गुंजिता के लिए सहज परिवर्तन था। उसकी जीवंतता बरकरार रही। हंसी मजाक करते जीवन को सरस बनाकर जीना, तो कोई उससे सीखे ।

1

"रुको,अरे बाबा रुको तो।सुनो,सुनो तो...."

काका जो वशिष्ठ के लिए चाय बनाने जा रहा था दौड़ा आया बोला,"चाचा जी!चाचा जी,किसे रोक रहे हैं?...जागिए चाचा जी।भोर हो गया।"

वशिष्ठ ने आंखें खोली। कुछ क्षण मति भ्रम की स्थिति में इधर उधर कमरे का अवलोकन करते रहे । अब उन्हें एहसास हुआ की नींद में जो देख रहे थे वह एक सपना था। वास्तविकता तो काका है, जो सामने खड़ा है। काका बोला,

"किसे देखकर रुकने के लिए के लिए बोल रहे थे चाचा?"

"कुछ नहीं काका सपना देख रहा था। काका मृत्यु के चार वर्षों के बाद वह सपने में आई। संतुष्टि के भाव थे उसके मुखड़े पर।"

"होगी क्यों नहीं! हर तरह से खुशनुमा जीवन जीकर चाची इस दुनिया से विदा हुई थीं। सब कुछ मिला उन्हें,सास ससुर का बेटी जैसा प्यार, प्रेम करने वाला पति; सुंदर गुणवान, आज्ञाकारी, मां पर जान न्यौछावर करने वाले बच्चे।"

"और तुम्हारे जैसा प्यारा भतीजा",वशिष्ठ ने उसके कथन को पूरा किया।

"मैं तो आप सब के चरणों में पड़ा रहने वाला एक सेवक हूं मालिक।"

"फिर मालिक कहा! चलो सजा के रूप में दो कप गरमा गरम कड़क चाय, मलाई मार के, झटपट लेकर आओ।"

काका पिछले पच्चीस वर्षों से इस घर की सेवा में लगा हुआ है। जब जबलपुर आया था तो पंद्रह वर्ष का था। वैसे तो इसका नाम लालचंद है, परन्तु सभी उसे काका के नाम से जानते हैं। यह नाम उसे वशिष्ठ के पिता ने पुरखों जैसी बातें करने पर दिया था। काका संजीदा व्यक्ति है। शादी के बाद उसने अपनी पत्नी लक्ष्मीनीया को भी इस घर की सेवा में लगा दिया ।जब वशिष्ठ जबलपुर का मकान छोड़कर सपरिवार सापुतारा के अपने नये मकान में आए, तो काका ने भी साथ चलने की जिद पकड़ ली। वह पत्नी सहित उनके साथ सापुतारा आ गया। तब से आज तक दोनों पति पत्नी मिलकर इस घर को संभाले हुए हैं । उसकी पत्नी भी हंसमुख और मजाकिया किस्म की औरत है।बहुत होशियारी के साथ इस घर को संभाले हुए है। गुंजिता के जाने के बाद इस घर में कोई औरत नहीं बची थी। 'बिन घरनी घर भूत का डेरा' हो जाता। दोनों पति पत्नी पूरे मनोयोग से, घर के सदस्य की तरह रह रहे थे।

जब गुंजिता जीवित थी तो उसकी सेवा लक्ष्मीनीया करती थी। गुंजिता इसीलिए तो उसे डालडा पुत्री कहती थी। उसकी अपनी पुत्री, अमिति चिली में बस गई थी। बेटा हॉलैंड निवासी हो गया था। बहू हेमांगिनी भी वहीं हॉलैंड में काम कर रही थी। बेटा दो-चार वर्षों में कभी आ जाता था। लेकिन बाद में आना लगभग बंद कर दिया । बहू तो काम का बहाना बनाकर आती नहीं थी।हां, कभी जब वह नैहर आती थी, तो मुंहछुआई के लिए एक-दो दिन के लिए ससुराल आ जाती थी। लेकिन गूंजिता ने कभी शिकायत नहीं की । वह कहती थी, " दूसरों की सोच को भूल कर भी प्रभावित नहीं करना चाहिए। आप अपनी जिंदगी जीओ और उनको उनकी जिंदगी जीने दो।" उसने कभी भी बाल बच्चों की जिंदगी में झांकने की कोशिश नहीं की। इतनी भली औरत को प्रभु ने कैसी सजा दे दी। हर किसी के लिए प्रेम से उठने वाला हाथ लकवा ग्रस्त सा होकर रह गया था।शुक्र है कि बाकी सभी अंग और वाणी पूर्ववत कार्य कर रहे थे। दाहिने

हाथ से अपने सारे कार्य कर लेती थी। व्हीलचेयर पर आराम से घर में इधर से उधर चली जाती थी।

वशिष्ठ नेवी में था। गुंजिता, शादी के पूर्व, फिजिक्स की लेक्चरर थी। शादी के बाद उसने पीएचडी की उपाधि प्राप्त किया। कुछ वर्षों बाद जॉब छोड़ कर पति और बच्चों को पूरा समय देने लगी। वर्किंग वूमेन से पूर्णरूपेण हाउसवाइफ बन गई। एक विख्यात कॉलेज की नौकरी छोड़कर घर संभालना कोई छोटी बात नहीं थी। खुले स्वछंद जीवन को त्याग, गृहस्थी की बंद महल में स्वयं को कैद कर देना, हंसी खेल नहीं। लेकिन गुंजिता के लिए सहज परिवर्तन था। उसकी जीवंतता बरकरार रही। हंसी मजाक करते जीवन को सरस बनाकर जीना, तो कोई उससे सीखे । इतनी पढ़ी लिखी और आधुनिक विचारों वाली होकर भी अपने पति को नाम से नहीं पुकारती थी।' सुनो तो' कह कर संबोधित करती थी। उसका 'सुनो तो' संबोधन पूरे परिवार में प्रसिद्धि प्राप्त कर चुका था।वशिष्ठ ने उसका नाम ही 'श्रीमती सुनो तो' रख दिया था।

गुंजिता को दो सुंदर मनमोहक बच्चों का संतान-सुख प्राप्त हुआ।बेटी अमिति और बेटा अजितेश।अमिति, अजितेश से दो वर्ष बड़ी थी।नेवी आफिसर पिता और आधुनिक विचारों वाली एमएससी, पीएचडी मां की संतानों का लालन-पालन सात्विक परिवेश में हुआ। उनके दादा-दादी और नाना-नानी संस्कारी लोग थे। दोनों बच्चे भी संस्कारी थे। पांच वर्षीय अमिति तीन वर्षीय अजितेश एक रोज अपनी मां के साथ खेल रहे थे।अमिति उसके पैरों के पंजों पर बैठ झूला झूल रही थी और अजितेश मां की गरदन पकड़े पीठ पर हिचकोले खा रहा था।अमिति को पैरों पर झूलने में बहुत आनंद आरहा था, वह खूब खिलखिला रही थी। अजितेश पीठ से उतरा और ख़ुद झूलने के लिए अपनी दीदी को हटाने लगा।अमिति हटने का नाम नहीं ले रही थी।अजितेश ने उसके बाल पकड़ हटाने की कोशिश की तो वह दर्द से चीखने लगी।गुंजिता ने मुश्किल से दोनों को अलग किया।अजितेश फिर भी अमिति को नोचने

के लिये मां के हाथों के बंधन से मुक्त होने की कोशिश कर रहा था।गुंजिता ने उससे कहा,

"तू ज्यादा शैतानी करेगा तो कोठरी में बंद कर दूंगी,समझा!"वह जोरजोर से रोने लगा और मां को नन्हे-नन्हें हाथों से मारने लगा।गुंजिता ने कहा,"ठीक है मार ले।दीदी को उसके ससुराल भेज दूंगी।"

मासूम अजितेश रोते हुए मां को और तेजी से मारते हुए बोले जा रहा था,"नहीं!दीदी नहीं जाएगी। मत भेजना आँ आँ आँ.."

"ठीक है नहीं भेजूंगी ससुराल।अब तू दीदी से नहीं लड़ेगा न?",आजितेश ने नहीं में सिर हिलाया तो कहा," अगर मां को फिर कभी मारेगा तो मां कोठरी में बंद हो जाएगी।"अमिति ने मां की ठुड्डी पकड़ उसके चेहरे को अपनी ओर करते हुए कहा,"मां पापा आएंगे न तो उनको कोठरी में बंद कर देना!"

"क्यों बेटा,पापा ने ऐसा क्या किया है कि बेटी मेरी उनको कोठरी में बंद करने को कह रही है!"

"आते हैं और तुरत भाग जाते हैं?"

"पापा को 'भाग जाते हैं' नहीं कहते।बोलो चले जाते हैं।"

"हम सोये रहते हैं तो चुपके से चले जाते हैं।"

"अच्छी बात है इस बार उन्हें नहीं जाने देंगे।तुम्हारी दादी मां से कहूंगी, अपने बेटे को कोठरी में बंद कर दें।"

लेकिन अजितेश से सहन नहीं हुआ कि कोई उसके पापा को कोठरी में बंद कर दे।वह फिर रोने लगा,

"नहीं मेरे पापा को बंद नहीं करना।"और गुस्से में अमिति को जोर से चूंटी काटा।वह रोने लगी। इतने में उनकी दादी भी आ गयीं। अजितेश दादी से लिपटते हुए बोला,

"दादी मां,पापा को कोठरी में बंद नहीं करना।"

"नहीं करूंगी।तू कहता है तो बंद नहीं करूंगी।"

दोनों बच्चे मां-बाप से बहुत प्यार करते थे। ऐसे परिवेश में पले-बढ़े बच्चे अब सयाने हो गए थे।अमिति एमए(इंग्लिश) फाइनल में थी और अजितेश आइआइटी बम्बई में जियोफिजिक्स में एमएससी प्लस पीएचडी का इंटिग्रेटेड कोर्स कर रहा था।वह अभी द्वितीय वर्ष का छात्र था।गरमी की छुट्टियों में घर आया था।उसे वशिष्ठ से कुछ पूछना था। उसने गुंजिता से पूछा,

"मां,पापा कब आएंगे?गर्मी की छुट्टी आधी बीत चुकी पर अभी तक आए नहीं।"

"पीछली बार जब उनका फोन आया था तो कहा था अठारह तारीख तक आएंगे।"गुंजिता ने बताया।

अमिति ने पूछा,"पापा का इतनी शिद्दत से इंतज़ार कर रहा है,क्या बात है?"

"पढ़ाई की बात है। कुछ प्राब्लमस हैं।वही समझना था।"

"तो मां से पूछ ले।वह भी फिजिक्स की एमएससी पीएचडी है।"

"मैं तो सब भूल चुकी हूं।उन्ही से पूछना। वे अपने समय के बहुत ब्रिलियंट स्टुडेंट थे" , गुंजिता ने अपना पल्ला झाड़ा।

"यस मां,पापा इस ए ब्रिलियंट चैप।"अजितेश ने मां की बात का समर्थन किया।

उनकी दादी भी उनकी बातों में दखल देने आगईं,"चैप शब्द का इस्तेमाल अपने से छोटों के लिए करना चाहिए! समझा रे बुद्धु। वशिष्ठ के भरोसे मत रह!उसे तो रंचमात्र भी फ़िक्र नहीं है घर की।"

अमिति ने पिता का पक्ष लेते हुए उनका बचाव किया,"ऐसी बात नहीं है दादी मां।आर्म्ड फोर्सेज का तो मोटो है, 'कर्म ही धर्म है'। पहले अपनी ड्यूटी उसके बाद परिवार।"

"उसके घर के प्रति ड्यूटी को बहू सम्हालती है। गुंजिता जैसी गृहिणी है कि घर-गृहस्थी की गाड़ी सरपट दौड़ रही है!"

गुंजिता ने कहा,"इतनी बड़ाई मत कीजिए मां कि सम्भाल न पाऊं!"

गुंजिता सास की बातों में अपनी मां की झलक पाती है। उसके ससुर भी उसे बेटी से बढ़कर मानते थे! उनके स्वर्गवास से गुंजिता के सिर से एक प्रेममय हाथ का साया उठ गया। उन्हें पौत्री अमिति का व्याह देखने की बड़ी इच्छा थी!अब वही व्याकुलता उसकी दादी को होने लगी थी। पढ़ाई समाप्त होते ही सुयोग्य जीवनसाथी के साथ अमिति व्याह दी गई। अजितेश ने जियोफिजिक्स में एमएससी फर्स्ट क्लास से पास करने के बाद पीएचडी भी पूरी कर ली।अपने पापा से फोन पर बात कर उनके हां कहने पर बीएचयू वाराणसी में जियोफिजिक्स के लेक्चर्र के लिए अप्लाई कर दिया। लेक्चरर पद पर नियुक्त भी होगया।।कुछ दिनों बाद गुंजिता की कालेज-फ्रेंड विभा, अजितेश के लिए रिश्ता लेकर आई।वह अपनी बेटी हेमांगिनी के लिए अजितेश का हांथ मांगने आई थी।हेमांगिनी अपने नाम के अनुरूप ही सुन्दर थी और ज़ीऑग्राफ़ि (भूगोल शास्त्र) में एमए थी।गुंजिता ने रिश्ता स्वीकार कर लिया जिसका अनुमोदन उसके नेवी आफिसर पति वशिष्ठ ने कर दी।

2

गुंजिता को अब महसूस होने लगा कि उसने अजितेश का रिश्ता विभा की बेटी से कर, ज़िंदगी की सबसे बड़ी भूल कर दी । लेकिन अब पछताए होत क्या जब चिड़िया चुग गई खेत। पछतावा की अग्नि में तपती गुंजिता, मन मार कर सब कुछ सहने के लिए अपने को तैयार करने लगी।हेमांगिनी और विभा का असली रूप उजागर होने लगा था । हेमांगिनी जितनी गोरी थी, मन की उतनी ही काली निकली। उसकी मां विभा, अपने नाम के अनुरूप जितने कांतिमय व्यक्तित्व की धनी थी, हृदय की उतनी ही प्रभाविहीन। उसका स्वरूप दिखौवा था। अपनी सास

और पत्नी के कहने में आकर अजितेश यूके चला गया और फिर वहां से हॉलैंड चला गया। हेमांगिनी को भी वहां के एक इंस्टीट्यूट में जिऑग्राफि के टीचर की नौकरी मिल गई। रितेश की दीदी अमिति तो दो वर्ष पहले से ही अपने पति के साथ चिली में थी।सास के देहांत ने गुंजिता को नितांत अकेला बना दिया। वशिष्ठ अपनी ड्यूटी पर रहते थे और गुंजिता अपनी सास के साथ जबलपुर में रहती थी। पर अब तो वह संबल भी नहीं रहा।बस सहारा था तो काका और उसकी पत्नी लक्ष्मीनीया का। मां की मृत्यु के कुछ ही दिन पहले वशिष्ठ घर पर लम्बी छुट्टी बीताकर ड्यूटी पर लैटा था। वशिष्ठ को अंतिम संस्कार के लिए अधिक दिनों के लिए छुट्टी नहीं मिली।अतः अंतिम संस्कार एवं श्राद्ध आदि आर्यसमाजी विधि-विधान से चार-पांच दिनों में संपन्न कर दिया गया। ड्यूटी ज्वाइन करने से पहले वशिष्ठ पत्नी से आवश्यक विचार-विमर्श करना चाहते थे। इसी उद्देश्य से मेहमानों के विदा होते ही गुंजिता के पास बैठे।गुंजिता ने पूछा,

"कल सुबह आठ बजे एयरपोर्ट के लिए निकलोगे न?"

"हां,आजकल सीमा पर स्थिति तनाव पूर्ण है।मेरा जहाज अब पोरबंदर में तैनात कर दिया गया है।मुझे वहीं ज्वाइन करना है।"

"मैं भी साथ चलूंगी।"

"अभी सम्भव नहीं है। जैसे ही सामान्य स्थिति बहाल हो जाती है, तुम्हें ले चलूंगा।",वशिष्ठ ने बताया कि,"सापुतारा में एक नई कालोनी निर्माणाधीन है। प्रोजेक्ट अगले दो-तीन महीनों में पूरा हो जाएगा।"

"तो?"

" मैंने उसमें एक डूप्लेक्स बुक कर दिया है।तो मैं क्या सोचता हूं, क्यों न हम जबलपुर का यह मकान बेच दें।"

"रिटायरमेंट कब है?"

"प्रमोशन नहीं मिला तो फाइव ईयर्स और मिलता है तो सेवन, अधिक से अधिक नाइन ईयर्स।"

"मेरे ख्याल से अभी मत बेचो।"

"पैसा कम पड़ रहा है।"

"पीएफ से लोन ले लो, लेकिन मकान मत बेचो। तुम्हारे जीवन की अनगिनत यादें जुड़ी हुई हैं इस घर से।"

"पीएफ से लोन क्यों लें?वह भविष्य की निधि है।वर्षों पुराने मकान को रखने से कोई फायदा नहीं। देखो गुंजिता, कोरी भावुकता में जीने से समस्याएं हल नहीं होतीं। कौन रहेगा यहां, किराएदार? किराएदार के लिए मकान रखें,टैक्स चुकाने से लेकर मरम्मत और रखरखाव की चिंता में मरते रहें।हत्ऽऽऽ !"

"सापुतारा में रेजिडेंशियल कालोनी में रहने वालों के लिए, आम शहर की भांति सारी सुविधाएं उपलब्ध हैं?"

"हां, उपलब्ध हैं? लेकिन ध्यान रहे कि वह एक हिल स्टेशन है। हमारे शहर की भांति चहल-पहल और गहमागहमी नहीं है।शांत वातावरण में ऐसे प्राकृतिक सौंदर्य से भरपूर छोटे से शहर के आनंद का अनुभव तो वहां रह कर ही किया जा सकता है। उच्च कोटि के रेजिडेंशियल स्कूल, जूनियर कालेज , अच्छे-अच्छे डिपार्टमेंटल स्टोर हैं। मतलब की उच्चस्तरीय जीवन बीताने के सभी साधन वहां मिल जाएंगे।"

"ऐसी बात है तो मैं आपके साथ खड़ी हूं।"

"और तुमको वहां फिजिक्स के टीचर का जॉब आसानी से मिल जाएगा।जॉब नहीं इंगेजमेंट के ख्याल से कर सकती हो।"

"ठीक है, ठीक है। इतना रिझाने की जरूरत नहीं है। मैंने परमिशन दे दी।"

"धन्यवाद मैम!" और दोनों खुलकर हंस पड़े।

3

मकान बिकने की खबर उसकी सहेली सह समधिन विभा को नागवार गुजरी। उसने फोन कर अपनी बेटी से कहा कि वह अपना हिस्सा मांगे या बेचने से रोक दे।हेमांगिनी ने अजितेश को सारी बातें बताने के बाद कहा,

"अजित पापा को फोन कर उनसे अपना हिस्सा मांगो।"

"ये मुझसे नहीं होगा।"

"क्यों नहीं होगा। दादा की प्रापर्टी में सब का हिस्सा है, तुम्हारा, दीदी का, बुआ का।"

"पापा से कहने की हिम्मत नहीं है मुझमें।जब से उनसे पूछे बिना,उनको बताए बिना विदेश आगया।आ ही नहीं गया, ग्रीन-वीजा भी ले लिया।तब से पश्चाताप में जल रहा हूं।"

"ठीक है मुंहचोर बने रहो।बुआ का फोन नंबर दो।"

" मेरे पास नहीं है।शायद दीदी के पास हो।"

"मांगकर दो।"

"मैं नहीं मांग सकता।"

"यह भी नहीं होगा,वह भी नहीं होगा।तुमसे होगा क्या?"झुंझलाकर पैर पटकते हेमांगिनी चली गई। उसने अजितेश की दीदी अमिति को फोन कर, किसी बहाने उनसे बुआ का फोन नंबर ले लिया। उनसे फोन पर संपर्क किया और अभिवादन की औपचारिकता पूरी की तो बुआ जी ने कहा,

"मैं चकित हूं कि विवाह के वर्षों बाद, आज बुआ जी की याद अचानक कैसे आ गई?"

"अब और शर्मिंदा नहीं करें।माफ़ी मांगती हूं बुआ जी।"

"ठीक है।बोलो किस लिए सात समंदर पार से फोन किया है?"

"बुआ जी, आपको मालूम है कि जबलपुर का मकान पापा जी बेच रहे हैं?"

"नहीं।यह उसका मकान है ।मन चाहे बेचे या रखे,उसकी इच्छा पर है।"

"बाप की प्रापर्टी में बेटी का हक़ तो बनता है न बुआ जी।"

"मैं तुम्हारी सोच को भली-भांति समझ गई। बहुत छोटी सोच वाली लड़की निकली तुम तो। पहली बात यह कि ये घर वशिष्ठ की निजी प्रापर्टी है। पिताजी तो किराय में रहते थे। मकान मालिक बेचने लगा तो भैया के कहने पर वशिष्ठ ने अपने पैसों से ख़रीद लिया था। इसमें गुंजिता का बहुत बड़ा योगदान था।अपनी कमाई से बचाकर रखे पैसों को उसने पति को दे दी थी, मकान खरीदने के लिए।"इतना कह कर फ़ोन काट दिया।

वशिष्ठ के पिता अमृत प्रसाद शर्मा उस मकान में लगभग चालीस साल से किराया पर रहते थे।जब मकान मालिक बेचने लगा तो उन्होंने ने बेटा से कहा कि अगर पैसे का जुगाड़ संभव हो, तो वह उसे अपने नाम पर खरीद ले।विभा ने जब देखा कि उसका वार ख़ाली गया तो चुप लगा गई।

विभा चुप बैठ गई लेकिन गुंजिता के मन में यह बात बार-बार कौंधती रहती थी कि आखिर उसकी अंतरंग सहेली का यह रूप क्यों? कुछ तो कारण होगा ही।वह इसी उधेड़बुन में रहती थी कि एक दिन स्वयं वशिष्ठ ने एक खुलासा किया।बात उन दिनों की थी जब वह रानी दुर्गावती विश्वविद्यालय, जबलपुर के बीएससी भौतिक विज्ञान प्रतिष्ठा(बीएससी फिजिक्स आनर्स)का छात्र था।अपनी कक्षा का वह सबसे अधिक मेधावी छात्र था।एक अच्छा स्पोर्ट्समैन भी था।हाकी और बैडमिंटन का यूनिवर्सिटी प्लेयर था।बीएससी प्रिवियस फिजिक्स आनर्स की जूनियर छात्रा विभा उसके प्रति आकर्षित थी।वह अक्सर अपने डाउट्स क्लियर कराने के लिए उसके पास आती रहती थी।धीरे-धीरे वह अपने को उसके निकट पाने लगी।पहले तो वशिष्ठ के मन में उसके लिए कोई कोमल भावना नहीं थी,लेकिन धीरे-धीरे उसका झुकाव भी विभा की ओर होने

लगा।दोनों को अक्सर साथ-साथ घूमते देखा जाता था।दोनों के बीच प्रेम परवान चढ़ने लगा।तभी वशिष्ठ को विभा के दंभी स्वरूप के दर्शन होने लगे।वशिष्ठ को प्रतीत होने लगा कि उसके साथ जीवन बीताना हितकर नहीं होगा।शनैः शनैः उसने विभा से दूरी बनाना प्रारंभ कर दिया।एमएससी करने के बाद वह नेवी में चला गया।

विभा को एमएससी किये हुए दो वर्ष हो गए थे।उसके माता-पिता उसके व्याह के लिए हाथ पांव मार रहे थे।मगर उन्हें अपनी बेटी के लिए यथोचित वर नहीं मिल रहा था।उनके एक शुभचिंतक ने वशिष्ठ का नाम सुझाया तो वे विवाह का प्रस्ताव ले वशिष्ठ के पिता अमृत प्रसाद शर्मा से मिले।शर्मा दम्पति को विभा पसंद आ गई।वे वशिष्ठ से इस संबंध में बात करने ही वाले थे कि उसके लिए रानी दुर्गावती वि.वि.के प्रोफेसर वी के शुक्ल का अपनी बेटी गुंजिता के लिए विवाह-प्रस्ताव आ गया।गुंजिता पीछले छः महीनों से होल्कर साइंस कॉलेज, इंदौर में लेक्चरर के पद पर कार्यरत थी।सुन्दरता में विभा से किसी प्रकार भी कम नहीं थी।शर्मा दम्पति असमंजस की स्थिति में थे। अंत में निर्णय वशिष्ठ के ऊपर छोड़ दिया। वशिष्ठ ने गुंजिता को अपने अनुकूल पाया। उसके साथ विवाह सम्पन्न हुआ। वशिष्ठ के इस निर्णय से विभा अत्यंत ही आहत हुई।चोट खायी नागिन की तरह अवसर की प्रतीक्षा में थी।

वशिष्ठ-गुंजिता की ज़िंदगी मजे में कट रही थी।समय के साथ-साथ दोनों के बीच प्रेम भाव प्रगाढ़ होता गया।दो प्यारे-प्यारे बच्चे हुए।गुंजिता ने बच्चों की अच्छी देखभाल के उद्देश्य से नौकरी छोड़ दी।गुंजिता और विभा कालेज की सहेलियां थीं।हालांकि गुंजिता विभा से एक वर्ष जूनियर थी पर मित्रता प्रगाढ़ थी।कालेज में विभा के अफेयर की जानकारी उसे भी थी परन्तु वशिष्ठ के साथ थी यह नहीं जानती थी।बस इतना जानती थी कि फाईनल इयर के एक मेधावी छात्र के साथ उसके प्रेम संबंध हैं।लम्बे अरसे बाद जब विभा अजितेश के लिए अपनी बेटी का रिश्ता लेकर आई, तो उसने सहर्ष स्वीकार कर लिया।विभा के पति फारेस्ट डिपार्टमेंट में उच्च पदासीन अधिकारी थे।उन दिनों जूनागढ़ में कार्यरत थे।

इन जानकारियों के बाद गुंजिता को विभा का व्यवहार समझ में आने लगा। अब उसे समझ में आ गया कि एक सोची-समझी रणनीति के तहत उसने अजितेश को अपना दामाद बनाया।

4

गुंजिता जबलपुर का मकान खाली कर सापुतारा वाले नये मकान में शिफ्ट हो गई थी।उसके साथ काका और लक्ष्मीनीया भी आ गई। वशिष्ठ मात्र दो दिन रह कर पोरबंदर ड्यूटी पर चला गया। कुछ दिनों तक तो गुंजिता कमरों को व्यवस्थित करने में व्यस्त रही। घर के सामने और पीछे दोनों तरफ गार्डेन की व्यवस्था काका को समझा कर, आस-पड़ोस के लोगों से जान-पहचान बढ़ाने में लग गई।एक रात को वशिष्ठ का फोन आया कि उसे क्वार्टर मिल गया है और वह उसमें शिफ्ट हो गया है।गुंजिता बहुत खुश हो गई।उसने कहा,

"तुम्हें क्वार्टर मिला है वहीं पोरबंदर में ही न?"

"हां।"

"कब आ रहे हो सापुतारा, मुझे ले जाने के लिए?"

"कह नहीं सकता।छुट्टी का प्रर्थनापत्र दे दिया है।जैसे ही छुट्टी ग्रांट होगी, अगले दिन आ जाऊंगा।"

" अच्छी बात है।क्वार्टर नंबर और पूरा पता मुझे दो।"

"क्या इरादा है, जासूसी करोगी क्या?"

"हां,क्यों नहीं?मेरे पास 'हेल' टेलिस्कोप जो है।तुम्हारे एक-एक पल की खबर रखूंगी।बस, सटीक जानकारी चाहिए।"

"तब तो हमेशा एलर्ट रहना होगा।"

"जी हां,सम्हल कर रहना।"और दोनों खुलकर हँस पड़े।

गुंजिता बेसब्री से वशिष्ठ के आने का इंतजार करने लगी।एक दिन मार्केटिंग कर घर पहुंची ही थी कि अचानक विभा उसके घर आ गई।गुंजिता को आश्चर्य चकित देख विभा बोली,

" तुम्हें डिपार्टमेंटल स्टोर से निकल कर कार में बैठते देखा तो पीछा करते-करते यहां तक पहुंच गई।"

"स्वागत है।",और काका को आवाज़ दी,"काका ड्राईंग रूम का दरवाज़ा खोलो।"

"यहीं बारामदे में बैठते हैं।यहां बड़ा अच्छा लग रहा है।"

दोनों बारामदे में रखी बेंत की कुर्सियों पर बैठ गईं।काका को चाय लाने को बोल, विभा से कहा

"यहां कब आई?"

"दो दिन पहले।मेरे हसबैंड यहां आफिशियल काम से आए हैं।मैं भी उनके संग आ गई।"

"आ गई तो अच्छा हुआ।तुम्हारे दर्शन हो गए।"

चायपान के बाद विभा ने कहा," कल तुम्हारा दोपहर का लंच मेरे यहाँ रहेगा।मेरा ड्राइवर आयेगा तुम्हें ले जाने। आच्छा ,इजाजत दो।"

अगले दिन जब गुंजिता विभा के घर पहुंची, तो वह अपनी ड्राइंग रूम में बैठी एक छोटे से एल्बम को उलट-पुलट रही थी। शायद पुरानी यादों को ताजा कर रही थी। कुछ तस्वीरें टेबल पर बिखरी पड़ी थी। उसे देखते ही विभा गले मिली और बैठने के लिए कह भीतर चली गई। गुंजिता उसके एल्बम को उलट-पुलट कर देखने लगी।कुछ फोटो को देख वह चौंक गई। वशिष्ठ के साथ कॉलेज के दिनों के अनेक फोटो थे। किसी में धुआंधार जल प्रपात के पास हाथों में हाथ डाले दीख रहे थे। तो किसी में भेड़ा घाट के पास संगमरमर की पहाड़ियों के बीच गलियारे से बहती नर्मदा में नांव पर बैठ, बाहें फैलाए दीख रहे थे।डूमना नेचर रिजर्व पार्क,श्री सिद्धगणेश मंदिर,रनी दुर्गावती संग्रहालय में लिए गए फोटो भी

थे। एल्बम में लगे अंतिम तीन फोटो को देख वह अस्थिर हो उठी। किसी जहाज के डेक पर लिए गए विभा और वशिष्ठ के अंतरंग क्षणों के तीन फोटो थे, जो हाल ही में लिये गए प्रतीत हो रहे थे। किसी में विभा-वशिष्ठ गले में बाहें डाले डेक पर खड़े थे, तो किसी में सटकर डांस कर रहे थे।टेबुल पर रखी तस्वीरों में दो ऐसी थीं जिन्हें देखते ही गुंजिता उद्विग्न हो गई।एक में विभा वशिष्ठ का आलिंगन करते नज़र आ रही थी, दूसरी में वशिष्ठ दोनों हाथों से विभा के चेहरे को निहार रहा था।उस क्षण, एक ओर जहां उसके मन में विभा के प्रति घृणा और पति के प्रति तिरस्कार के भाव उत्पन्न हो रहे थे, तो दूसरी तरफ अपना भविष्य तिमिरमय प्रतीत हो रहा था।एक अल्पकालिक विचार उसके मन में यह भी आया कि नेवी वालों के लिए यह तो सामान्य बात है। विभा के साथ औपचारिकतावश लंच लेकर अपनी कार से स्वयम् ड्राइव कर घर चली गयी। उसके ड्राइवर को विभा ने अपनी गाड़ी से भेज दिया।।घर आकर उद्वेलित गुंजिता ने वशिष्ठ को फोन किया। विस्मित वशिष्ठ ने पूछा,

"इस समय फोन किया,सब ठीक तो है?"

गुंजिता के मन में आया कि कह दे कि सब ठीक होता तो इस समय फोन क्यों करती। परन्तु अपने को सम्हालते हुए कहा,

"मन बहुत उचाट हो रहा था तो तुमको याद किया। तुम तो मजे हो न!"

"व्यंग्य समझूं या हास्य?"

"जो मन में आए। अपने मन के मालिक हो। छोड़ो रगड़ा-झगड़ा,यह बताओ कि जूनागढ़ वहां से कितनी दूर है।"

"लगभग हंड्रेड किलोमीटर्स।बाय कार करीब दो घंटे।रोड बहुत बढ़िया है। लेकिन ये सब क्यों पूछा?"

"विभा आई थी। उसने कहा कभी पोरबंदर आओ तो मुझसे मिलने जूनागढ़ ज़रूर आना।"

"हां चली जाना। उधरसे सोमनाथ और सासन गीर भी हो लेना।"

"तुम भी चलोगे न।"

"समय मिलेगा तो अवश्य चलूंगा।"

"सापुतारा कब आ रहे हो।"

"अगले महीने के फर्सट साटरडे को।"

"इतने दिनों बाद? क्यों टालते रहते हो?"

"क्या करूं नौकरी ही ऐसी है। अच्छा तो फोन रखता हूं।गुड नाइट।

"अपना ध्यान रखना।गुड नाइट।"

गुड नाइट कह तो दिया परन्तु उसके मन में छा रहे शंका के बादल और भी गहराते जा रहे थे।उसका शरीर खीझ और शंका की दोहरी मार झेलने में सक्षम नहीं था।स्वास्थ्य गिरने लगा। कुछ दिनों से उसके दिमाग में पता नहीं क्या चल रहा था कि एक दिन उसने अचानक पोरबंदर जाने का फैसला ले लिया।उसका ड्राइवर कार से बिलिमोरा पहुंचा आया। वहां से रात भर की ट्रेन यात्रा कर अगले दिन वशिष्ठ के क्वार्टर में पहुंच गई। वशिष्ठ आफिस जाने की तैयारी कर रहा था। अचानक उसे देख अचंभित था।

"इस तरह अचानक अकेले आने का कारण?"

"तुम्हें सरप्राइज देने केलिए।रही बात अकेले आने की तो, ना तो मैं छुईमुई हूं और ना अनपढ़ गंवार।"

वशिष्ठ ने बात की दिशा बदलने हेतु कहा,"तुमने आईना नहीं देखा क्या? स्वास्थ्य गिर गया है।बात क्या है?"

"कुछ नहीं डायबेटिक हो गई हूं।"

"कल तुम्हारा फुल हेल्थ चेकअप कराता हूं। निकल रहा हूं।समय पर ड्यूटी पर पहुंचना हम सेना वालों का धर्म-दर्शन है।"

दोपहर में उसने डोमेस्टिक हेल्प,शीला से पूछा कि

" कोई मेम साहिबा यहां आई थी क्या?"

"हां मेम साहब, पीछले सप्ताह ही तो आईं थीं और रात में यहीं ठहरीं थीं।दो दिन रह कर चली गईं।"

"अक्सर आती रहती हैं क्या?"

"नहीं।पर हां मेम साहब एक बार और पहले भी आई थीं।उस बार भी यहीं रुकी थीं।"

अपने मोबाइल में विभा का एक फोटो दिखाकर पूछा कि यही थीं क्या, तो शीला ने हां में उत्तर दिया।शीला से मिली जानकारी ने उसके शक को विश्वास में बदल दिया।उस दिन रात को वशिष्ठ ने गुंजिता से कहा,

"गुंजा, तुम अब यहीं रहो। मैं अपने को बहुत अकेला पाता हूं।कभी-कभी मुझे डर लगने लगता है।"वशिष्ठ गुंजिता को गुंजा कहता था।

"क्यों? तुम कोई बच्चे हो जो मेरे बिना अकेले में डरते हो। छप्पन-सत्तावन वर्ष के हो गए हो, बेटे-बेटी की शादी निबटाकर बुजुर्गों की श्रेणी में आ गए हो।तुम्हें अब डर लगने लगा है?"कुछ देर गम्भीर बनी रहने के बाद जोरों से हंस पड़ी।उस हंसी के पीछे छिपे दर्द को वशिष्ठ समझ नहीं पाया।समझता भी कैसे, अंतर्यामी तो है नहीं। उसे क्या मालूम था कि वह किस शंका की शिकार हो चुकी है। अगले दिन डाक्टर के पास जब वशिष्ठ गुंजिता को लेकर कर गया तो उसे देखने के बाद डाक्टर ने कुछ टेस्ट लिख दिए। फिर पूछा कि

" अप इतनी डिप्रेस्ड क्यों लग रही हैं।मैम डिप्रेशन अनेक रोगों को जन्म देता है। डिप्रेशन से निकलिए,खुश रहने का बहाना ढूंढ़िए।"

"ऐसी कोई बात नहीं है डाक्टर।"

"नहीं है तो बहुत अच्छी बात है। लेकिन आपका गिरता स्वास्थ्य, डायबिटीज और अब हाई ब्लडप्रेशर का कारण आपका डिप्रेशन में रहना भी हो सकता है।इनका डिप्रेशन से गहरा रिश्ता होता है।"

गुंजिता को बाहर इंतजार करने को कहा और वशिष्ठ को रुकने को।डाक्टर से बात करने के बाद जब वह उनके चैंबर से बाहर आया तो थोड़ा चिंतित लग रहा था।गुंजिता ने पूछा,

"क्या कहा डाक्टर साहब ने?"

"कुछ खास नहीं। वही जो तुमसे पूछा।"

"फिर मुझे चैम्बर से बाहर क्यों भेज दिया?"

"इसलिए कि तुम्हारे सामने मुझसे नहीं पूछ सकते थे। लेकिन तुम किस बात को लेकर सोचती रहती हो मैं कैसे बता सकता था। तुम किन समस्याओं से जूझ रही हो कभी मुझसे शेयर किया क्या? नहीं! तो जब मुझे इस बारे में कुछ पता नहीं तो क्या बताता उनको! और कुछ जानना हो तो घर पर पूछ लेना,अभी चलो लैब में टेस्ट्स के लिए।"

5

"गुंजा, मैं कल लम्बी छुट्टी के लिए एप्लाई कर दूंगा। फिर हम यहीं से निकल पड़ेंगे कूल्लू-मनाली के लिए। लौटानी में डलहौजी होते हुए सापुतारा आजाएंगे।"वशिष्ठ गुंजिता को गुंजा कहता था।

"अपना सापुतारा कुल्लू से कम है क्या? चुपचाप अपने घर पर रहेंगे। मैं कहीं नहीं जाने वाली।"

"ठीक है।बाद में देखा जाएगा।"

दो-चार दिन बाद गुंजिता सापुतारा वापस चली गई।साथ में विभा-वशिष्ठ के प्रेम प्रसंग को मन में बैठा कर लेती गई।यह चिंता उसे भीतर ही भीतर खोखला करती रही। उसे अपने स्वास्थ्य का रत्ती भर भी ध्यान नहीं रहा। उसे छाती में बायीं तरफ चुभन और दर्द होता था पर उसकी उपेक्षा करती रही। उसे बायां हाथ उठाने में दिक्कत होती थी और एक दिन अचानक उसे महसूस हुआ कि वह बायां हाथ उठा नहीं पा रही है।काका ने वशिष्ठ

को फोन कर चाची की चिंताजनक स्थिति की जानकारी दे दी। तीसरे दिन वशिष्ठ पहुंच गया और गुंजिता के ना-नुकुर के बावजूद उसे लेकर सीधे एएफएमसी पुणे चला गया। गहन परीक्षाओं और प्रयोगशाला रिपोर्ट के आधार पर बाएं ब्रेस्ट में एडवांस स्टेज का कैंसर पाया गया तथा बाएं कंधे के किसी नस के प्रभावित होने के फल स्वरूप ही बायां हाथ काम नहीं कर रहा था । वशिष्ठ को तो अपनी दुनिया उजड़ती नज़र आ रही थी। फिर भी आशा का दामन नहीं छोड़ा उसने।सारे रिपोर्ट लेकर वह मुम्बई के टाटा कैंसर रिसर्च इंस्टीट्यूट पहुंच गया। वहां के डॉक्टरों ने वही बातें और उपचार बताए जो पुणे के एएफएमसी के डॉक्टरों ने बताए थे। उपचार पुणे में ही प्रारंभ हुआ । वशिष्ठ ने तीन महीने की छुट्टी की अर्ज़ी प्रेषित कर दिया। उपचार असर दिखाने लगा।निर्जीव बांए कंधे में भी हल्की सी जान आ गई। उम्मीद की किरण मन में संजोए वे सापुतारा वापस आ गए।सब से बड़ा कर्त्तव्य गुंजिता को ख़ुश रखना था। वशिष्ठ मन में एक निश्चय के साथ पोरबंदर ड्यूटी पर गया। सपुतारा की पूरी जिम्मेदारी काका और लक्ष्मीनीया पर थी और उन्होंने उन्हें बख़ूबी निभाया।अब धीरे धीरे गुंजिता व्हिल-चेयर पर बैठ कर घर में धूम लेती थी। सुबह-शाम लक्ष्मीनीया व्हील चेयर पर बैठाकर सैर कराती थी।

गुंजिता के मन में बैठ गया था कि वह अब ज्यादा दिनों की मेहमान नहीं है। उसे डायरी लिखने की आदत नहीं थी लेकिन इधर कुछ दिनों से अपने मन की सारी बातें डायरी पर शेयर कर मन को हल्का करने का प्रयास करने लगी। डायरी के एक पृष्ठ पर जो कि उसके जीवनकाल का अन्तिम पृष्ठ साबित हुआ, उसने लिखा था-"तुमने ऐसा क्यों किया वशिष्ठ? मेरे साथ विश्वासघात क्यों किया? शादीशुदा होते हुए एक व्याहता से तुम्हारा प्रेम करना क्या मेरे प्रति जघन्य अपराध नहीं है तुम्हारा? उसे तुम्हारी बांहों में देख कर, तुम्हारे बेड रूम में उसके रात गुज़ारने की बात जान कर, मुझ पर क्या गुज़री होगी, तुम क्या कभी महसूस कर पाओगे? मैं घुट-घुटकर जी रही हूँ।ज़िंदा लाश हो गई हूँ मैं। किस अपराध की सजा मिल रही है मुझे?

तुम मेरे पति हो, पति परमेश्वर! तुम्हें शापित कर अपना चरित्र नहीं खोना चाहती।जाओ,माफ कर दिया तुम्हें। मैं जा रही हूं। अब तुम्हें ' मिसेज सुनो जी पूकारने का कष्ट उठाना नहीं पड़ेगा।"

वशिष्ठ अवकाश ग्रहण का आवेदन पत्र देकर, छुट्टी पर घर आ गया। लेकिन देर हो चुकी थी।उसके आगमन से कुछ छण पहले गुंजिता ने अंतिम साँसें ली थीं।

अंतिम संस्कारों की समाप्ति के बाद जब सभी मेहमान विदा हो गए तो वशिष्ठ ने गुंजिता के कमरे से फालतू हो गए सामानों को, ज़रूरतमंदों को देने हेतु, निकलवाना शुरू किया। सबसे अंत में उसकी वार्डरोब खोली। उसमें उसे एक डायरी मिली। उपयोग लायक वस्त्रों को अनाथालय और महिला आश्रमों में भिजवा दिया।इन कार्यों से निवृत्त होकर रात्रि में डायरी पढ़ने बैठा।जैसे जैसे डायरी पढ़ता जा रहा था उसके मन में दुःख और पछतावा का भाव भरता जा रहा था।आंखें नम होगई थीं। उसे पछतावा था कि पत्नी को उसके हिस्से का समय नहीं दे पाया।समय रहते विभा के व्यवहार में उसके कुत्सित मनसूबों की बदबू क्यों नहीं मिली उसे?गुंजिता ने समय रहते मन में उठ रहे प्रश्नों की जानकारी उसे क्यों नहीं दी?उनके उत्तर उससे क्यों नहीं मांगे?भावातिरेक में वह गुंजिता की फ्रेम की गई तस्वीर के समने खड़ा हो पूछ रहा था।

"तुम एक बार मझसे पूछ लेतीं।मुझे अपनी बात कहने का अवसर देतीं।अदालतों में जज भी फैसला सुनाने से पहले अपराधी को अपनी बात कहने का अवसर देते हैं।पर तुमने मुझे अपराधी मान सजा दे दी। क्यों गुंजा,क्यों?तुमने अपने को सजा देकर, मुझे आजीवन मर-मर कर जीने की सजा दे दी।वह भी उस अपराध के लिए जो मैंने किया ही नहीं।षड्यंत्रकारी विभा अपनी सफलता पर जश्न मना रही होगी। गुंजा, तुमने अपने को सजा दे कर हम दोनों को सजा दे दी, जिसके हकदार हम थे ही नहीं।"

वशिष्ठ का मन हुआ कि किसी ऊंचे पर्वत की चोटी पर खड़ा हो गुंजिता को आवाज दे, बाहें फैलाए उसे वापस बुलाए और कहे,"कल तक तो हम

बच्चों के लिए, घर-द्वार के लिए व्यस्त रहे।आज जब अपने लिए जीने का वक्त आया, तो तुम रूठकर सदा के लिए मुझे अकेला कर गईं। मैं इसका हकदार नहीं था!जो गुनाह मैंने किया ही नहीं, उसकी सजा मुझे क्यों दे गई? क्यों? क्यों?... सुन रही हो गुंजा? गुंजिता सुनो तो....गुंजा मेरी बात सुनो तो...."

घूरा का बेटा

इधर गोवर्धन कुछ दिनों से महसूस कर रहा था कि उसके मन में माधुरी के प्रति कोमल भावनाएं उभर रहीं हैं। उसने अपने मन को समझाना शुरू कर दिया कि यह अनुचित है।उसे माधुरी के प्रति आसक्ति को झटकना पड़ेगा।

1

"क्या नाम है तेरा",उस आगन्तुक सज्जन ने चायवाले लौंडे से पूछा।

चाय के जूठे गिलासों को उठाते हुए उस सात वर्षीय बालक ने बड़े मासूमियत से जवाब दिया,"घूरा का बेटा"

"तेरे बाप का नाम घूरा है यह तो समझ गया।तेरा नाम तो रखा होगा तेंरे बाप ने, वह बता।"

" जी,घूरा का बेटा!यही नाम है हमारा।"

"अच्छा तो घूरा के बेटा जी!पढ़ना-लिखना कुछ जानते हो?"

"हां जी!क से कबूतर, ख से खरगोस,ए से एपल,बी से बोआय!"

"किस स्कूल में सीखा यह सब?"

"माई पढ़ाती थी साहब जी।दो-तीन घर में बरतन-बासन करने के बाद घर आती थी तब खाना बनाते समय पढ़ाती थी।"

"अब नहीं पढ़ाती क्या?"

"वह तो भगवान जी के पास चली गई।"

"और तुम्हारा बाप घूरा?"

"मालूम नहीं साहब जी!उनको देखा नहीं।बस नाम जानता हूं।माई कहती थी कहीं मर-खप गया होगा।"

"हमारे साथ चलोगे?तुमको पढ़ा-लिखाकर बड़ा आदमी बना देंगे।"

"अपने ऐसा!"

"हां,अपने से भी बड़ा!"

"हमारा नाम भी रख देंगे?घूरा का बेटा भी कोई नाम है!हमें जरा भी अच्छा नहीं लगता।"

"एक बढ़िया सा नाम रख देंगे।"

"भात के साथ दाल-सब्जी भी देंगे?"

"हां! और भी अच्छी-अच्छी चीजें मिलेंगी खाने को।"

"नया पैंट कमीज भी देंगे?"

"हां बेटा ढ़ेर सारे!"

"तो चलिए चलते हैं।"उसे कुछ याद आया तो कहा,"रुकिए, माई को लेकर आते हैं।"इसके पहले कि आगन्तुक कुछ कह पाता वह दौड़ कर भागा और जंगली पेड़पौधों के बीच गाय़ब हो गया।

चायवाले ने कहा,"बाबूजी, गरीब को सपना दिखा कर क्यों मन में आस जगाते हो!"

आगन्तुक ने कहा ,"मैं सपना नहीं दिखा रहा इसे। सच में इसकी जिम्मेवारी उठाने को तैयार हूं।तुम इसके बारे जो भी जानते हो वो मुझे बताओ, फिर मैं अपना परिचय दूंगा।"

"बाबूजी,जंगली झुरमुटों के उसपार कुछ झोपड़ियाँ हैं, उसी में से एक में शिवजी नाम का बुजुर्ग रहता था। बड़े दिलवाला इंसान था।रद्दी खरीद-बिक्री का धंधा करता था।इसे घूरा पर फेंक गई थी इसकी मां। वह उठा कर घर ले आया ।घर में उसकी अभागन पतोहू के अलावा और कोई औरत नहीं थी।उसका नालायक बेटा अपनी औरत को छोड़ कहीं भाग गया था।फिर लौट कर नहीं आया।उसने अपनी पतोहू से कहा,"ले पाल इसे।एक दिन तेरा सहारा बनेगा।"

दो बरस पहले इसकी माई मर गई। सात महीने हुए, शिवाजी भी भगवान को प्यारा होगया।"

"और तुमने तरस खाकर इसे अपने यहां रख लिया।"

"क्या करता बाबूजी!भूख से बिलखते इस प्यारे से मासूम को तड़प-तड़पकर मरने देता?जो कमाई हो जाती है उसी में दोनों बाँट-बूटकर खा लेते है।"

"तो तुम भी अकेली जान हो।"

"हां जी !बीवी पीछले साल कोरोना में गुजर गई।जितना में तीन जने खाते, उसके नहीं रहने से उतने में अब दो जने पेट भर खाते हैं।"

"मैं इसे अपने साथ ले जाऊँ?"

"अगर इसका जीवन बना देंगे तो हां और अगर अपना स्वार्थ साधना हो तो ना।"

"मैं कोई धन्नासेठ तो नहीं हूं लेकिन काम भर कमा लेता हूं।सोनपुरवा में मेरी एक सामान्य सी किराना की दुकान है।लोग मुझे गोवर्धन दास कहते हैं।"

"अरे साहब! आपको कौन नहीं जानता!मेरा नमस्कार स्वीकार करें।बड़े भाग हमारे जो आप इस झोपड़ी वाली दुकान में चाय पीने चले आए।"

गोवर्धन दास ने कहा,"क्यों भैया मुझमें कौनसा सुरखाब का पर लगा है जो सबलोग मुझे जानते हैं।एक छोटीसी दुकान चलाकर पेट पालता हूं।"

चायवाले ने कहा,"दुकान भले ही छोटी है,आपका दिल बहुत बड़ा है।सामाजिक कामों केलिए लोगों में आपकी एक अलग ही पहचान है।गरीबों और जरूरतमंदों की मदद के लिए हमेशा तैयार रहते हैं।"

"बस भाई बस।ज्यादा बड़ाई पचती नहीं है।"

घूरा का बेटा हाथ में फोटो लिए, दौड़ते-हांफते आता दिखाई पड़ गया।

"वो आरहा है। पूछता हूं कि आपके पास रहेगा या नहीं।",जब वह दुकान पर आगया तो चाय वाले ने पूछा,"तू जाएगा बाबूजी के साथ? सोच-समझ कर बोल!"

"हां।"

"भागेगा तो नहीं? इनके पास रहेगा तो जीवन बन जाएगा।अच्छा खाना, अच्छा पहनना,बढ़िया स्कूल में पढना!"

"हां जाउंगा।कभी-कभी मिलने आओगे न?"

"हां!जरूर!"

2

गोवर्धन दास का अपभ्रंश रूप गोबर्धन दास लोगों में अधिक प्रचलित है।वह एक सैंतीस-अड़तीस वर्षीय नेकदिल इंसान है। उसकी पत्नी का देहांत प्रसव के दौरान हो गया था।संतान भी मरी हुई पैदा हुई थी।वह अकेला विधुर जीवन व्यतीत कर रहा है। एक-दो बार पुनर्विवाह के प्रस्ताव आए थे लेकिन उसने मना कर दिया।वह घूरा के बेटा को अपने घर ले आया तो उसकी दिनचर्या में परिवर्तन स्पष्ट दिखाई देने लगा। पहले वह केवल एक अपने लिए अव्यवस्थित जीवन जी रहा था,अब दो के लिए व्यवस्थित जीवन जीने लगा है। उसने घूरा के बेटे का नामाकरण संस्कार कर मुरलीधर दास नाम रख दिया। उसके पड़ोसी दीनानाथ जी लोगों से कहते हैं, "जैसे वासुदेव मुरलीधर का लालन-पालन नंदगांव में हुआ था वैसे ही प्यार से गोबर्धन दास, मुरलीधर की करता है। "उसे दुकान पर बैठाकर दुकानदारी के गुर भी सिखाने लगा। कभी-कभी सेल्समैन की अनुपस्थिति में वह ग्राहकों को सामान देने का काम भी कर देता है। गोवर्धन प्रतिदिन एक घंटा उसे ख़ुद पढ़ाता है।वह स्वयम् इंटर पास है।पिता की मृत्यु के बाद पढ़ाई छोड़ बनिया के धंधे में उतरना पड़ा। माधुरी नाम की एक विधवा युवती कुछ वर्षों से खुद के बनाये

पापड़,बड़ियां, दनौरी,फूलगोभी के सुखौते और हरी और लाल मिर्च के जायकेदार अचार की आपूर्ति किया करती है।इधर कुछ दिनों से नहीं आरही थी।आज जब आई तो गोवर्धन दुकान पर नहीं था।शारदीय नवरात्र की तैयारियों के सिलसिलसिले में हो रही मीटिंग में गया था।मुरलीधर दुकान का संचालन कर रहा था।वह मुरलीधर की कार्यकुशलता पर आश्चर्यचकित थी।कार्य में व्यस्थ मुरलीधर को वह मुग्ध हो निहारे जा रही थी।अपने को इस प्रकार अपलक निहारते देख मुरलीधर बोला,

"ए दीदी ऐसे क्या देख रही हो ?"

वह सकपका गई जैसे उसकी चोरी पकड़ी गई हो,"कुछ नहीं बेटा!पता नहीं तेरे बाबा कब आएंगे, मैं यहां के लिए सामान लाई हूं।मेरे नाम पर लिख कर रख लो।बाबा आएंगे तो दिखा देना"

"तुम्हारा नाम मुझे मालूम नहीं।बताओ!"

"हां तो लिख लो।माधुरी।", उसे चुपचाप बैठे देख बोली,"बही खाता तो निकलो।मेरे खाते में टांको ये सब सामान।"

मुरलीधर बोला,"जाओ न दीदी! सब लिखा गया है न।"

"कहां? मैंने तो देखा नहीं"

अपने ललाट को इंगित कर कहा ,"यहां!"

वह ठठाकर हंस पड़ी। बही-खाता और पेन माधुरी को देते हुए बुजुर्ग कारिंदा दीनानाथ मुस्कुराते हुए बोला,"लो बेटी, अपने हाथ से टांक दो।"

बही-खाता लेते हुए माधुरी ने कहा,"दीनू चाचा बड़ा तेज है यह लड़का! गोवर्धन जी का कौन है यह?"

"बेटा।गोद लिया है।"

" बड़ा होशियार है! क्या नाम है इसका?"

"घूरा का बेटा।"कहते-कहते हंस पड़ा दीनानाथ

अपनी नाराज़गी जताई मुरलीधर ने,"दीनू चाचा!"

"नन्हे सेठ का नाम है मुरलीधर, मुरली पुकारते हैं सब।"

पता नहीं क्यों मधुरी को मुरलीधर बहुत अपना सा लगने लगा।पहले महीने में दो बार सामान देने और अपने लिए सामान खरीदने आती थी।लेकिन अब वह हफ्ते में दो बार आने लगी।जब भी आती है मुरली के लिए कुछ न कुछ घर से बना कर लाती है। कुछ ही दिनों में मुरली की पसंद-नापसंद की समझ उसे हो गयी थी।मुरली ने एक दिन माधुरी को बताया कि उसके बाबा को भी उसके बनाए खीर और आलूदम बहुत पसंद हैं। माधुरी ने कहा,

"तू मुझे बहुत प्यारा लगता है!लगता है जैसे पीछले जनम में तू मेरा ही बेटा था! अच्छा तूने अपनी मां को देखा है?"

"नहीं। तुम्हारी जैसी होगी और क्या!"

"तो मुझे मां कहेगा! मुझे बहुत अच्छा लगेगा!"

"तू मेरी मां तो नहीं है!....अच्छा कहूंगा! लेकिन बाबा से पूछकर। बाबा आरहे हैं।पूछता हूं।"

मधुरी घबड़ा गई,बोली,"नहीं नहीं कुछ मत कहना। मैं जा रही हूं, कहना नहीं।"वह जल्दी से नज़रें झुकाए हुए चली गई।

नियति ने माधुरी के साथ इंसाफ नहीं किया, फिर भी बिना किसी शिकवा-शिक़ायत के पीड़ा में भी लय ढूंढ़कर, जीवन जीना जानती है। उसके पिता शहर के एक नामी सेठ के मुनीम थे। दिन में उनके यहां काम करते थे, शाम को चिराग-बत्ती के बाद एक-दो व्यापारियों के खाते लिखा करते थे।वैसे तो वे एक नेकदिल इंसान थे, परन्तु उनमें शराब की बुरी लत पड़ गई थी।इसी लत ने सड़क दुघर्टना में उनकी जान ले ली।उनकी पत्नी एक प्राईवेट हाईस्कूल के संस्कृत के शिक्षक की बेटी हैं।पति की मृत्यु के बाद स्वाभिमानी पत्नी के सामने पूरा भविष्य पड़ा था ।जवान बेटी की पढ़ाई और शादी की फिक्र अलग से मुंह बाए खड़ी थी।घर का खर्च चलाने के

लिए पापड़,दनौरी,बड़ियां और भिन्न-भिन्न प्रकार के अचार और मुरब्बे बना कर दुकानदारों को देने लगी। प्रारंभिक मुश्किलों से बाहर निकल आज उसके सामानों की मांग बाजार में संतोषप्रद है।घर में किसी मर्द की छत्रछाया नहीं रहने से अपने मुंहबोले भाई नन्दू के कहने में आकर इंटर पास माधुरी की शादी उसके भांजे से कर दी।उसका भांजा त्रिलोकी एक प्राइमरी स्कूल में शिक्षक था। सीधी-साधी माधुरी की मां के दो कमरे वाले मकान पर नन्दू की नज़र थी। त्रिलोकी एक नम्बर का गंजेड़ी निकला। उसे अक्सर गंजेड़ी साधुओं के संगत में देखा जाता था। कभी-कभी वह साधुओं के गिरोह के साथ महीनों गायब हो जाता।जब घर लौटता तो तरह-तरह की बातें बनाकर मां और पत्नी के सामने कान पकड़ कसमें खाता था कि अबसे ऐसी हरकतें नहीं करेगा। लेकिन ढाक के तीन पात। नौकरी कब की चली गई थी।गांजा की लत ने उसे अपने ही घर में चोरी करने को मजबूर कर दिया। पत्नी माधुरी की चांदी की पायल उसके बक्से से निकाल रहा था। एक पैर का ही पायल निकाल पाया था कि किसी के आने की आहट हुई।वह धीरे से कमरे से निकला और बाजार की ओर चल दिया।उसके बाद घर नहीं लौटा।लोगों के अनुसार वह साधुओं की एक टोली के साथ कहीं चला गया। माधुरी मां बनने वाली थी। विधवा सास फैमिली पेंशन पर अपना और पतोहू माधुरी का खर्च मुश्किल से चला पाती थी।अतः उसने माधुरी की मां से गर्भवती माधुरी के नाम पर मदद की गुहार लगाई। माधुरी की मां ने बेटी को अपने पास रखने का प्रस्ताव रखा। कमली तैयार नहीं हुई, तो यथासंभव आर्थिक मदद देने लगी।समय से पहले ही माधवी ने एक बच्चे को जन्म दिया। मध्यरात्रि का समय और अस्पताल की दूरी के कारण मजबूरन प्रसव घर पर ही करानी पड़ी।राहत की बस एक ही बात थी कि पीएचसी में काम करने वाली एक दाई पास में ही रहती थी। नवजात में जीवन का कोई लक्षण नहीं दिख रहा था।दाई डर कर, जान छुड़ा कर भाग गई। माधुरी बेहोश पड़ी थी। कुछ दिनों बाद नन्दू ने बहन कमली को बताया कि त्रिलोकी की मृत्यु बनारस में हो गई। उसके एक साथी ने अपनी आंखों

से सड़क किनारे पड़ी उसकी लाश को देखा है।विधवा माधुरी को उसकी मां अपने घर ले गई।तब से दोनों मां बेटी साथ-साथ रह रहीं हैं।

3

माधुरी जानबूझकर ऐसे समय दुकान पर आने लगी है जब गोवर्धन के रहने की संभावना कम होती है। गोवर्धन सप्ताह में दो दिन मंगलवार और शुक्रवार को ज़रूरतमंदों को स्वयम् भोजन करता है।वह दुकान की जिम्मेदारी अपने पुराने विश्वसनीय कारिंदे दीनानाथ पर छोड़कर जाया करता है।अब तो उसके साथ निगरानी रखनेवाला उसका बेटा मुरलीधर भी है।आज माधुरी बेसन और गुड़ की देशी मिठाई 'लकठो' बनाकर मुरलीधर के लिए लायी थी। मुरलीधर को उसका स्वाद बहुत अच्छा लगा। उसने कहा,

"दीदी तुम बहुत अच्छी हो!"

"दीदी नहीं मां! मैं तो तेरी मां जैसी हूं!"

"दीदी इस मिठाई का क्या नाम है?"

"लकठो। तुझे बहुत पसंद हैं न!"

"हां बहुत बढ़िया! लेकिन इतनी अच्छी मिठाई का इतना बेकार नाम 'लठको! हा हा हा हा हा..."

"लठको नहीं 'लकठो' बोलो।"

"दीदी फिर ले आना लठको।"

"लठको नहीं लकठो! लेकिन मैं तभी लाऊंगी जब तू मुझे एक बार भी मां कह देगा। लेकिन सब के सामने नहीं।"

मुरलीधर ने इधर-उधर देखा फिर धीरे से बोला,"मां!"

माधुरी गद्गद हो गई। आंखें छलक पड़ीं। मुरलीधर ने कहा,"दीदी, तुम मेरी मां बन जाओ सब के सामने।"

"मतलब?"

"मेरे बाबा से शादी कर लो और मेरी मां बन जाओ।"

"अब तू इतना बड़ा हो गया है कि बाबा की शादी की बात चलाएगा! तुझे मालूम भी है, शादी क्या होती है!"

"हां मालूम है ना!दुल्हा पगड़ी बांधकर कार में बैठकर जाता है। बाकी लोग डिस्को बैंड पर खूब नाचते हैं। पूड़ी-मिठाई, रसगुल्ले, आइसक्रीम खाने को मिलता है। फिर पंडित जी शादी कराते हैं।"

"भोला बच्चा!"

"क्या कहा दीदी?"

माधुरी कुछ बोली नहीं। मुस्कुराते हुए चली गई।दो महीने बाद होली के दिन अपनी मां के साथ, दोपहर बाद गोवर्धन के घर पहुंच गई।साथ में पुड़ी,पुआ,मकोय की चटनी बनाकर ले आई थी।गोवर्धन ड्योढ़ी पर ही बैठा था। उन्हें देख बहुत खुश लग रहा था।

"अरे कालिंदी चाची आप!अहो भाग्य हमारे!होली के दिन आपका आशीर्वाद मिलेगा।"

माधुरी की मां आश्चर्यचकित थी कि उसका नाम गोवर्धन को कैसे मालूम है! उसकी बेटी के सिवा शायद ही किसी को उसका नाम मालूम है।जब अबीर-गुलाल के प्लेट को उनके सामने कर गोवर्धन ने कहा , "आशीर्वाद दें!" तो वह भावविह्वल होगई।उन्होंने अबीर का टिका लगा आशीर्वाद दिया,तो गोवर्धन ने अबीर उनके चरणों पर रख प्रणाम किया।संसकारी गोवर्धन के इस भाव ने उन्हें गद्गद कर दिया।गोवर्धन ने माधुरीसे कहा,"लगता है मुरली तुमसे नाराज है। देखो दरवाजे के पीछे छिपकर खड़ा है।जाकर मिललो उससे।" माधुरी नाराज मुरलीधर से मिली तो पूछा,

"छिप कर क्यों खड़ा है!नाराज है मुझसे?"

"हां!आना क्यों बंद कर दिया था!मैं तुम्हें मां नहीं कहता इसलिए?"

"तेरी दीदी बिमार नहीं पड़ती क्या!",उसके गाल पर अबीर का टीका लगाते हुए कहा,"बड़ा होकर दीदी को एक मोबाइल खरीद देना।बिमार पड़ूंगी तो तुझे खबर कर दूंगी।"मुरलीधर ने अपने बाबा को चाची के पैरों पर अबीर रखते देख लिया था।उसने अनुकरण करते हुए माधवी के पैरों पर अबीर रखा तो भावुक माधुरी ने उसे कलेजे से लगा लिया।खुशी के अतिरेक में उसे चूमती रही ,आसूं गालों पर लुढ़कते रहे।

अगले दिन माधवी ने कालिंदी से पूछा,"अम्मा मेरे बचपन का वह फोटो जिसमें मैं ब्यायकट बाल कटवाए और पैंट पहने खड़ी हूं,वह है या फेंक दिया?"

"संजोकर रखा है!बालों में स्कूल से जूएं भर-भरकर ले आई थी।इसलिये लड़कों ऐसा बाल कटवाना पड़ा था।"

"अम्मा इतिहास नहीं पूछा है',फोटो दिखाओ।

बेटी की नाराजगी पर हंसती हुई कालिंदी ने कहा,"फोटो तो लाऊंगी, पहले ये बता कि मेरा नाम गोवर्धन को क्यों बताया?"

"मैं क्यों बताने लगी।मैं तो उनसे बहुत ही कम बोलती हूं।काम से काम रखती हूं बस।"

"तब किसने बताया?"

"किसने बताया इससे तुम्हें फर्क पड़ा क्या?नहीं न।अरे अम्मा,सुना है इसबार वार्डकमिश्नर के लिए हमारे ही वार्ड से चुनाव लडने वाला है।वोटरलिस्ट में नाम देखा होगा, सिम्पल सी बात है।"

कालिंदी फोटो लेकर आई तो बेटी को फोटो अल्बम देते हुए कहा,"ले देख!निहार अपने को।"

फोटो को गौर से देखने के बाद मां से कहा,"अम्मा जरा गौर से इस फोटो को देखो और बताओ कि इस फोटो को देखते ही किसी की तस्वीर तुम्हारी आंखों में उभरती है क्या? और वह कौन है?"

कालिंदी बहुत ध्यानपूर्वक बेटी की तस्वीर देखने लगी।फिर आंखे बंद करके कुछ सोचने लगी।अचानक बोल पड़ी,"मुरली!"

"हां अम्मा मुरली!पीछले एक साल से उसे देख रही हूं।जैसे-जैसे बड़ा हो रहा है उसमें मेरा चेहरा स्पष्ट होता जा रहा है।अम्मा मुझे क्यों ऐसा लगने लगा है कि मेरा बच्चा मरा नहीं था।वही मुरली है!"

"तू मतिभ्रम का शिकार हो गई है।ऐसा कैसे होगा?"

"हो सकता है अम्मा।कही मेरी सास या.."

"नहीं बेटी ऐसी अनर्गल बातें मन में नहीं ला।कमली ऐसी गिरी हुई औरत नहीं है।"

"फिर भी अम्मा पूछताछ करने में हर्ज क्या है?"

"है न।एक तो बेचारी अकेले जीवन जी रही है।हमने भी कभी उनकी खोज-खबर नहीं ली।और अब उस पर शक कर रहे हैं।बेटी मिलते-जुलते चेहरे वाले लोग मिलते हैं।यह एक सच्चाई है।अब देख सिनेमा की दुनिया में तो कितने कलाकारों के डूप्लीकेट हैं।हम-सब जानते हैं।शक का कीड़ा अपने दिमाग से निकाल दे।"

"लेकिन अम्मा.."

"लेकिन-वेकिन कुछ नहीं !मुरली को अपने मन में अपना ही बेटा मान ले।बल्कि मैं तो कहूंगी उसकी मां बन जा। बस, सब झंझट समाप्त।"

"मैं समझ रहीं हूं तुम्हारा इशारा किस ओर है।यह संभव नहीं है अम्मा।"

"संभव है! बिल्कुल संभव है! मैंने उसकी आंखों में तेरे लिए चाहत की भावनाओं को देखा है।बेटी गोवर्धन दिल का बहुत अच्छा है!तूझे हमेशा खुश रखेगा।"

"अम्मा तुम पर मैं बोझ बन गई हूं न?"

"फिर ऐसा सोचना भी नहीं। मां पर बेटी बोझ होती है क्या? मैं तो तेरे भविष्य के बारे में सोच रही हूं। मेरे बाद तेरा क्या होगा? तेरी बाद की जिंदगी किसके सहारे कटेगी?"

4

माधुरी को मां की समझाइश के बावजूद मन में आभास होता रहता है कि कहीं उसके साथ छल तो नहीं हुआ है।शायद यही कारण है कि उसे मुरलीधर से इतना अधिक लगाव है।वह आज-कल गोवर्धन दास की दुकान का चक्कर कुछ अधिक ही लगाने लगी है। इधर गोवर्धन कुछ दिनों से महसूस कर रहा था कि उसके मन में माधुरी के प्रति कोमल भावनाएं उभर रहीं हैं। उसने अपने मन को समझाना शुरू कर दिया कि यह अनुचित है।उसे माधुरी के प्रति आसक्ति को झटकना पड़ेगा। एकदिन उसने माधुरी से कहा,"तू क्यों मुरली को रोज-रोज कुछ न कुछ बनाकर खिलती रहती है? लड़के को बिगाड़ कर रख देगी। क्यों करती है ऐसा?"जवाब में वह कुछ बोली नहीं।सिर झुका लिया। आंखों में छलके आंसुओं को आंचल से पोंछ, चली गयी। उसने गोवर्धन दास की दुकान पर आना बंद कर दिया।उसकी मां को दाहिने पैर के अंगूठे में गठिया है जिससे चलने में दिक्कत होती है।कैसे भी कर के वह गोवर्धन दास को अपने बनाए खाद्य पदार्थों की सप्लाई स्वयम् जाकर करने लगी।माधुरी के नहीं आने से मुरलीधर उदास रहने लगा।उसकी आंखे माधुरी को तलाशती रहती हैं।उसने माधुरी के आने की आस नहीं छोड़ी है।उसको लगता है कि माधुरी दीदी इसलिए नहीं आती है क्योंकि उसने उसे मां नहीं बोला।एक दिन जब माधुरी की मां सामान देने आई तो गोवर्धन की अनुपस्थिति में मुरलीधर ही दुकान सम्भाल रहा था। उसने पूछा,

"चाची, दीदी बिमार है क्या?"

"नहीं बेटा, वो बिल्कुल ठीक है।"

"फिर क्यों नहीं आती?"

"मेरा आना अच्छा नहीं लगता?"

"नहीं चाची ये बात नहीं है।आप बहुत अच्छी हो चाची।"

"पहली बात कि मैं चाची नहीं,नानी हूं। दूसरी बात कि तेरी दीदी ने कहा है कि खूब मन लगाकर पढाई करना। अपने मां-बाप का नाम रोशन करना।"

"मुझे ले चलोगी दीदी के पास।"

"तेरे बाबा नाराज हो जाएंगे। उनसे पूछना। हां कहेंगे तो चलना मेरे साथ।,"

"ठीक है नानी। वो आरहे हैं ,अभी पूछता हूं।"

"नहीं बेटा, मेरे जाने के बाद पूछना।"

गोवर्धन दुकान पर आया तो माधुरी की मां को देख कर बोला,"चाची पैर में तकलीफ है तो आप खुद क्यों आती हैं? किसी के हाथों भेज दिया करो।"

"और कौन है जिसके हाथ भेजूं।ले-देकर एक बेटी है जो यहां आना नहीं चाहती।"

"मेरी बात का बुरा मान गई है!लगता है मुझे ही आना पड़ेगा उसे मनाने।"

"बहुत अभिमानिनी है बेटा! तुम्हारा मान रखेगी, मुझे विश्वास है।"

उस दिन जब दुकान बंद कर गोवर्धन और मुरलीधर घर आए और गोवर्धन खाना बनाने लगा तो रोटी सेंकते समय उसके दहिने हाथ की दो अंगुलियां,तर्जनी और अंगूठा जल गईं।मुरलीधर ने जब देखा कि बाबा की अंगुली जल गई है तो कहा," आलू पीसकर लगाने से तुरंत ठीक हो जाएगा।"

"तू कैसे जानता है?"

"वो मेरे चाचा हैं न,चाय वाले चाचा, उनका हाथ गरम चाय से जल गया था।आलू पीसकर लगाया था।"

"अच्छा बुढ़ेबाबा,मैं आलू पीस कर लगाता हूं।"गोवर्धन चूल्हे पर से उठकर सिलबट्टे पर आलू पीसने बैठा। एक हाथ से पीस नहीं पा रहा था।मुरली ने कहा,

"बट्टे से कूंच दो बाबा।तुम हटो मैं करता हूं।"

"तू बैठ एक हाथ में भी इतनी ताकत है कि आलू को कूंचकर भुर्ता बना दूं। तू एक काम कर।छोटीवाली आलमारी से लाल ढ़क्कन वाला डिब्बा लेकर आ।",मुरली भाग कर डिब्बा ले आया तो कहा,"इसमें से कॉटन निकाल कर लपेट मेरी अंगुली पर।"

मुरलीधर ठठाकर हंसते हुए बोला,"बाबा कपड़ा नहीं लपेटा जाता।बस पीसा हुआ आलू लगाकर छोड़ दो।अभी मां होती तो तुमको खाना बनाना नहीं पड़ता और अंगुली नहीं जलती।"

"पगला बेटा मेरा मां का सपना देख रहा है!जो नहीं है उसका सोचना कैसा?"

"तो शादी कर लो बाबा। कहो तो मैं लड़की बताऊं।"

"चुपचाप खाना का।ज्यादा बकबक मतकर।"

अगला दिन रविवार था।आज दुकान बंद थी।सुबह का नाश्ता हलवाई की दुकान पर जलेबी-कचौड़ी से करने के बाद गोवर्धन ने मुरलीधर से पूछा आज वह कहां घूमने जाना चाहता है।पिछले रविवार को तारामंडल घूमाने ले गया था।मुरलीधर ने कहा,

"बाबा आज माधुरी दीदी के यहां चलते हैं।वह नाराज है इसीलिए नहीं आरही है।आपने ही तो डांटा था।चलिए न बाबा।"

गोवर्धन तो ख़ुद ही माधुरी से मिलना चाह रहा था।माधुरी उसे बहुत अच्छी लगती है।वह झटसे बोला ,"हां चल-चलते हैं ।कल कालिंदी चाची ने आने के लिए कहा भी था।चल तेरी माधुरी दीदी को मनाते हैं।"

माधुरी के घर के दरवाजे को गोवर्धन ने खटखटाया तो उसे लगा कि एक साया खिड़की के पास आ कर चली गई। फिर दरवाजे को खटखटाया तो कालिंदी ने दरवाज़ा खोला। गोवर्धन को देख कर मुस्कुराते हुए कहा,"आइए,आप के बारे में ही सोच रही थी कि इस तुच्छ के घर आप आएंगे या नहीं।"

"अपने को तुच्छ मान मुझे महान बताने की आपकी सोच, मेरे साथ न्याय नहीं करती। मैं भी आपकी ही तरह एक साधारण सा इंसान हूं।"

गोवर्धन ने गौर किया कि माधुरी दरवाज़ा की ओट में खड़ी उनकी बातें सुन रही है। सामने की ओर से नज़रें हटाकर नीचे जमीन की ओर देखते हुए बात करने लगा। लेकिन मुरलीधर वहां से उठ कर सीधे माधुरी के पास चला गया।

"दीदी, तुमने आना बंद क्यों कर दिया?बाबा से नाराज़ हो"

"मैं कौन होती हूं किसी पर नाराज़ होने वाली!"

"दीदी बाबा ऐसे आदमी नहीं है जैसे तुम समझती हो।"

"कैसा समझती हूं?तू बहुत बात बनाने लगा है। कुछ और बात कर!"

"दीदी तुमसे उस दिन पूछा था आज फिर पूछने आया हूं। तुम मेरी मां बनोगी ? देखो ना नहीं कहना।"और उसका हाथ पकड़ खींचते हुए बाहर के कमरे में ले आया। माधुरी सकपकायी हुई सी नज़रे झुकाए खड़ी रही। फिर गोवर्धन के पास गया और बोला,"बाबा दीदी को मां बनालो ना! इससे शादी करलो फिर कभी अंगुली नहीं जलेगी।"गोवर्धन इस अप्रत्याशित स्थिति के लिए तैयार हो कर नहीं आया था,"यह कैसे सम्भव है? नहीं ,चलो घर चलें।"

मुरलीधर अड़ गया,"तुम मान जाओ बाबा।! मां, तुम भी मान जाओ, नहीं तो मैं फिर से घूरा का बेटा बन जाउंगा।"

माधुरी ने उसे अपने कलेजे से लगाते हुए कहा,"एक बार फिर मां बोल। मैं ही तेरी मां हूं!तू घूरा का बेटा नहीं मेरा बेटा है।"

वह नीली साड़ी

तुम भाविनी हो, भगवती का नाम धारण किया है, तो उसका धैर्य और साहस भी तुममें धारित होने चाहिए। चहकना नहीं छोड़ना है। दाम्पत्य जीवन में चमड़ी का रंग और आयु मायने नहीं रखता।मन, बुद्धि, विचार और कर्मनिष्ठता ही सफल जीवन के द्वार खोलते हैं। तुममें स्वयं के प्रति हीन भावना को सदा के लिए त्यागना होगा।भीतर की घुटन से बाहर निकल जीवन की जीवंतता का आनंद लेना है। ज़िन्दगी को न गवांना है और न बीताना है, ज़िन्दगी को जीना है।

1

धर्मिष्ठ नाइट शिफ्ट की ड्यूटी समाप्त कर घर लौटा।वह असिस्टेंट स्टेशन मास्टर के पद पर कार्यरत था। पिता के कारण पहली पोस्टिंग अपने शहर में ही मिल गयी। गेट पर एक अधेड़ उम्र का देहाती सा दीखनेवाला आदमी खड़ा था।वह असमंजस में था कि कैसे भीतर जाए और किससे बात करे।धर्मिष्ठ ने साइकिल से उतरते हुए पूछा,

"किससे मिलना चाहते हो?" उत्तर में आगंतुक ने एक पूर्जा उसकी ओर बढ़ा दिया।धर्मिष्ठ ने पूर्ज़े पर अपना और अपने पिता का नाम देखा तो पूछा,

"कहां से आये हो?"

"जी, बहादुरपुर से। मास्टर साहब ने भेजा है, टीपन(जन्मकुंडली)लाने को।"

"क्या नाम है तुम्हारे मास्टर साहब का?"

"जी, साधु प्रसाद।"

"तुम कौन हो मास्टर साहब के?"

"जी,नाऊ हूं साहब।"

"ठीक है।वो सामने पर्दा लगा दरवाज़ा देख रहे हो न,वही उनका दालान है। तुम यहीं ठहरो। मैं देखता हूं कि उनके यहां कोई मर्द मौजूद है, जो तुम से बात कर सके। वकील साहब तो इस समय कोर्ट में होंगे।"उसे गेट के बाहर खड़ा देखकर कहा,"भीतर अहाते में आ जाओ,बरामदे की छांव में बैठकर इंतजार करो।"

"साहब जी, कुत्ता तो नहीं है न?"

धर्मिष्ठ हंस पड़ा,"अच्छा तो तुम कुत्ता के डर से गेट के बाहर ताक-झांक कर रहे थे? नहीं यहां कोई कुत्ता-उत्ता नहीं है।"

इतना कह धर्मिष्ठ भीतर चला गया। साइकिल नियत जगह पर रखा और रवि मामा के पास गया।रवि जी(रविन्द्र श्रीवास्तव)बैठके में दीवान पर लेटे हुए सिगरेट का आनंद ले रहे थे। उसने कहा,

"रवि मामा, एक बला को टालना है। और आप ही कर सकते हैं।"

"कौन सी बला,कैसी बला? कुछ बताएगा तभी तो मदद करेंगे ना।"

"मामा, एक आदमी बहादुरपुर से मेरी शादी के लिए रिश्ता लेकर आया है।"

"तो?मामा से क्या चाहता है?"

"मामा, मैं अभी शादी नहीं करना चाहता।इस मुसीबत को आप ही भगा सकते हैं।"

"देख धरम,ये पाप तो मैं करने से रहा।"रवि जी उसे धर्मिष्ठ की जगह धरम के उपनाम से संबोधित करते थे।उनका यह दिया उपनाम ही सभी इस्तेमाल करते हैं।

"देखिए मामा पाप-पुण्य का बहाना नहीं चलेगा।आप कैसे भी करके इस को टरकाईये।"

"चल भाई,जब सकुनी महाभारत का बड़ा पाप अपने सर ले सकता है, तो मैं अपने भांजे के लिए एक छोटा सा पाप तो कर ही सकता हूं।"

"थ्रि चियरस फॉर रवि मामा।"

"अबे ठहरो मियां, ऐसे कैसे भगा दूं उसको।पता नहीं गांव से कब का चला है? कुछ खाया-पीया भी है कि नहीं? पहले कुछ ख़तिर-तवाज़ा करो। कुछ नहीं तो उसे गुड़ खिलाकर पानी तो पिला दो। फिर देखो कैसे चलता करता हूं उसको।दूबारा नहीं आयेगा वो।"

रवि जी, धर्मिष्ठ की मां के मौसेरे बड़े भाई थे, लेकिन अपने भाई से भी बढ़कर थे। वैसे तो वे इलाहाबाद के थे पर बात-व्यवहार में लखनऊ के तहज़ीबे सुख़न वाले थे। उस दिन तो उन्होंने बला को ख़ूबसूरती से टाल दिया। लेकिन बकरे की अम्मा कब तक ख़ैर मनाती! एक दिन वह स्टेशन से ड्यूटी पूरा कर लौटा, तो उसे मालूम हुआ कि उसकी शादी तै कर दी गई है। अगले महीने के पन्द्रह तारीख़ को तिलकोत्सव और उसके अगले महीने के प्रथम सप्ताह में विवाह। वह उद्विग्न हो उठा,उसको नौकरी करते हुए मुश्किल से चार महीने तो हुए थे। इतनी जल्दी शादी तै करने की क्या जरूरत आन पड़ी?परन्तु पिता से कुछ भी कहने की हिम्मत नहीं जुटा पाया। मां के पास गया।

"क्या अम्मा? तुमने भी बेटे से इस बाबत बात करना उचित नहीं समझा न? लड़की का फोटो दिखाया होता, उसके बारे में जानकारी दी होती। यूं अंधेरे में रखा मुझे? क्यों अम्मा क्यों?"

"हिम्मत है तो जा पूछ अपने बाबूजी से।क्यों, किसके कहने में आ कर लड़की देखे बिना ही शादी तै कर दी? परसों लड़की के बाप और बीचवान सुरेश पंडा बरेच्छा करने आएंगे।"

"सुरेश पंडा कौन? कहीं इनके मुवक्किल पंडा बाबा तो नहीं?"

"हां,वही बहादुरपुर वाले। तेरे बाबूजी जिस पर रीझ गए तो उसकी बातों में आसानी से आ जाते हैं। उन्होंने लड़की की बड़ाई के पुल बांध दिए और इन्होंने हां बोल दिया।"

तै दिन पर बरेच्छा सम्पन्न कर दी गई।पता नहीं अम्मा ने कहा या सब कुछ तै करने के बाद उनके दिमाग में बात आई कि लड़की देख लेनी

चाहिए थी।हार-पछता कर मुंहछुआई के लिए छोटे बेटे समीर को, जो मैट्रिक की परीक्षा देकर रिज़ल्ट का इंतजार कर रहा था, बहादुरपुर पंडा बाबा के साथ लड़की देखने भेज दिया गया। इस तरह उन्होंने लड़की देखने की औपचारिकता शादी तय करने के बाद ही सही, निभा तो दिया।

2

शादी की रात धर्मिष्ठ मंड़प में विवाह की रस्में पूरी करने हेतु ले जाया गया। वहां उसकी मुलाकात अपने मित्र सदन से लगभग पांच वर्षों बाद हुई।धर्मिष्ठ से रहा नहीं गया पूछ दिया,

" सदन तू यहां? क्या इत्तफ़ाक़ है? मैं थोड़ी देर पहले तेरे बारे में ही सोच रहा था।तेरा ननीहाल

यहीं बहादुरपुर में ही तो है।"

"तुम्हें कैसे मालूम हुआ?"

"तूने ही तो बताया था।याद नहीं मैं तेरे घर गया था, सरस्वती पूजा के दिन।तब हम दसवीं कक्षा में थे और तेरी दीदी,ममेरी बहन भी गवर्नमेंट गर्ल्स हाई स्कूल में दसवीं में थी। तेरे यहां रह कर पढ़ाई कर रही थीं।"

" हां याद आया।तू आया था तो दीदी वहीं दालान में ही बैठी हुई थी।वही भाविनी दीदी तो है जिससे तेरी शादी हो रही है।"

एक झटका सा लगा धर्मिष्ठ को।एक क्षण को तो उसका मन बोला भाग जा मंड़प से, लेकिन उसने अपने को सम्भाल लिया। नियति को यही मंजूर है तो ऐसा ही सही।गांव की औरतें जो वर को देखने आई थीं मुंह पर पल्लू रख खुसर-फुसर कर रहीं थी।

कोई कह रही थी,"लड़का कमसिन है और लड़की.."।

बगल वाली बोल रही थी,"चुप रह,तेरा क्या जा रहा है?" कोई पीछे से बोली,"अरे इ उम्र चोर है, तो हमारी बन्नो भी कम है क्या?इसका भाई आया देखने।गच्चा खा गया न!"

"चुप रह छौंड़ी',किसी बुजुर्ग महिला ने डांट लगाई,"जो मन में आया,बकर-बकर करती रहती है सब।ना जगह देखती है सब, और न बखत (वक्त) की नजाकत।"

उनकी नाउन को बर्दाश्त नहीं हुआ तो आकर बोली,"चलो हटो , माड़ो(हरे बांस का मंडप) के पास से हटो सब।"

इन सब बातों का असर दुल्हे पड़ सकता है,यह बात उन ग्रामीण महिलाओं को समझ में नहीं आरहा था शायद। खैर विवाह सुचारू रूप से सम्पन्न हुआ। सम्पन्न होते-होते ब्रह्ममुहुर्त होगया।बराती-सराती जो विवाह में रात भर जागते रहे थे,अब थक से गये थे जो कि उनकी उनींदी आंखों और अलसायी चाल से स्पष्ट परिलक्षित हो रहा था।दिन के भोज के बाद, संध्यापूर्व दुल्हन संग बारात विदा हो गई।

विदा हो दुल्हन ससुराल आ गयी। मुंहदिखाई की रस्म अदायगी शुरू हुई तो गोतिया की औरतों में एक बार फिर वही फुसफुसाहट शुरू हो गई जो बहादुरपुर की ग्रामीण महिलाओं में हुई थी। फ़र्क बस इतना ही था कि वहां दुल्हा को सुनाया जा रहा था और यहां दुल्हन को।बेचारी नई-नवेली दुल्हन! क्या बीत रही होगी उस पर, किसी को भी परवाह नहीं था।एक ने तो यहां तक कह दिया कि,'अरे सब दहेज़ का खेला है। लड़की वाले ने बैंक खोल दिया होगा। बड़ी-बड़ी बातें करते थे वकील साहब।देखना कैसी बहू लाऊंगा! आंखें फटी की फटी रह जाएंगी।'दूसरी ने कहा,'ठीक ही तो कहा था!'और खिलखिलाहट गूंज उठी।

विवाह के पांचवें दिन धनिष्ठ एक महीने की ट्रेनिंग के लिए ज़ोनल हेडक्वार्टर स्थित ट्रेनिंग सेंटर में चला गया। यहां ससुराल में भाविनी को सास और ननदों से उत्साह रहित स्वागत ही मिला। केवल दो ही आदमी ऐसे थे जिनसे भाविनी को उत्साहित करने वाला स्नेह मिला, एक ससुर जी

और दूसरा पति । इनसे उत्साहित हो पूरे मनोयोग एवं चपलता के साथ ससुराल की गृहस्थी में जुट गई। लोगों के ताने इस कान सुनती उस कान निकाल देती।

3

धर्मिष्ठ ने ट्रेनिंग सेंटर से एक मार्मिक परन्तु विश्वास जगाने वाला पत्र लिखा।

प्रिय भाविनी,

आशा है तुम स्वथ्य होगी और खुशी-खुशी सब की सेवा में लगी होगी। मैं भी यहां मजे में ट्रेनिंग कर रहा हूं।यहां ट्रेनिंग सेंटर में खाने-पीने और सोने के लिए बहुत बढ़िया इंतजाम है। कैम्पस में बहुत सुंदर मनमोहक फुलवारी है। मेरे सयनकक्ष की खिड़कियां फुलवारी की ओर ही खुलती हैं। मेरे राइटिंग टेबल के ठीक सामने खिड़की है जहां से बैठा मैं यह पत्र लिख रहा हूं।जब मैं घर से चला था तो तुम्हारे चेहरे पर आये डर के भाव मैंने देखे थे। तुम भाविनी हो, भगवती का नाम धारण किया है, तो उसका धैर्य और साहस भी तुममें धारित होने चाहिए। चहकना नहीं छोड़ना है। दाम्पत्य जीवन में चमड़ी का रंग और आयु मायने नहीं रखता।मन, बुद्धि, विचार और कर्मनिष्ठता ही सफल जीवन के द्वार खोलते हैं। तुममें स्वयं के प्रति हीन भावना को सदा के लिए त्यागना होगा।भीतर की घुटन से बाहर निकल जीवन की जीवंतता का आनंद लेना है। ज़िन्दगी को न गवांना है और न बीताना है, ज़िन्दगी को जीना है।जीवन जीना एक कला है।यह आगया तो समझो जीवन सफल हो गया। याद रहे,हमें जीवन बीताना नहीं जीना है।

रात बहुत हो चुकी है,अब और प्रवचन नहीं करूंगा। आपना ध्यान रखना

तुम्हारा

धर्मिष्ठ

भाविनी के अंदर जो नैसर्गिक गुण थे वे धीरे-धीरे उजागर होने लगे।शनैःशनैः सासुराल के सदस्यों के दिल जीतने लगी थी।पाक-कला की निपुणता और कर्मठता को देखते हुए उसकी सास ने उसे रसोईघर की सारी ज़िम्मेवारी सौंप दी । उसने सहर्ष स्वीकार कर लिया। रसोई बनाने वाले के लिए उसके ससुराल में कुछ नियम थे जिन्हें सख़्ती से पालन करना पड़ता था। सुबह में रसोईघर में प्रवेश करने से पहले स्नान करना पड़ता था, चाहे भीषण ठंड क्यों न पड़ रही हो। मनुष्य की प्रसन्नता उसके पेट से हो कर गुज़रती है।उसकी पाक कला की मिठास से उसके ससुर और देवर बहुत खुश रहते थे। उसके ससुर को गीला भात और गरमागरम फुल्के पसंद थे जब कि सास और ननदों को चिपचिपा भात बिल्कुल ही पसंद नहीं था। बिना उफ़ किये दो प्रकार के भात बनाती थी। धर्मिष्ठ जब ट्रेनिंग पूरी कर लौटा तो घर का माहौल बदला-बदला सा लगा।पत्नी प्रफुल्ल हो चहकती हुई दौड़-दौड़ कर सारे काम निपटा रही थी। उसने मुस्कुराते हुए भाविनी से कहा,"दाट्स द स्प्रिट!ये हुई न बात! ऐसे ही जीवन जीया जाता है।"

कृष्ण जन्माष्टमी के दिन धर्मिष्ठ, पत्नी भाविनी संग मां विंध्यवासिनी के दर्शनार्थ, विंध्याचल जा रहे थे। रात्रि वाली ट्रेन का प्लैटफॉर्म पर इंतजार कर रहे थे।इधर धर्मिष्ठ ने गौर किया कि भाविनी कुछ गिनी-चुनी साड़ीयों में ही गुज़ारा कर रही है। घर-बाहर उन्हीं को पहनती है।बाहर सफ़र पर निकली है उन्हीं में से एक को पहन कर। उसने कारण जानना चाहा,

"भावि कोई और अच्छी सी साड़ी पहनी चाहिए थी न?"

भाविनी ने कहा,"इसमें क्या खराबी है?"

"नहीं खराबी तो कोई नहीं है। लेकिन वही सड़ी घर-बाहर सभी जगह पहनी जाय, बात मुझे पच नहीं रही है।"

"पच नहीं रही है तो चूर्ण लिजिए।"और खिलखिला उठी।

"देखो बातों में टालो नहीं। सच-सच बताना बात क्या है।"

"बात क्या है कुछ नहीं। मुझे पसंद हैं इसलिए पहनती हूं।"

"तुम क्यों सच्चाई छिपाने की कोशिश कर रही हो?"

"हर सच्चाई को उजागर करना आवश्यक है क्या? कुछ दूसरी बात कीजिए ना।"

धर्मिष्ठ ने समझ लिया कि भाविनी बताने से रही। उसने बातचीत की दिशा बदल दी।

"अच्छा ये बताओ कि मैं तुम्हारे फुफा के यहां गया और तुम बैठके में बैठी पढ़ रही थीं। तुमने मुझे देखा था?"

"नहीं वो तो याद नहीं। अलबत्ता किशोर दल द्वारा प्रदेश अंतर स्कूल वाद-विवाद प्रतियोगिता के लिए अपने शहर से प्रतियोगी चुने जा रहे थे,वो याद है मुझे। चुनाव हमारे ही गर्ल्स स्कूल में हो रहा था। हिन्दी के लिए हमारी कक्षा की गौरी और अंग्रेजी के लिए जिला स्कूल से आपका चयन हुआ था।तब क्या जानती थी कि आपका ही जान खाने के लिए सात फेरे लूंगी।"

"जान खाने वाली की कमी थी न , वो भगवान ने पूरी कर दी।अब तो भुगतना ही पड़ेगा।"

"धत्,भुगतीयेगा क्यों,जीवन जीयेंगे हम!"

अगले वर्ष धर्मिष्ठ की छोटी बहन मीनाक्षी का व्याह सम्पन्न हो गया।उस शादी में भाविनी की पांच साड़ियां और वे सारी वस्तुएं जो बहुत शौक से उसके माता-पिता ने बेटी को दिये थे, जिसे उन्होंने जाने कब से संचयित कर रखी होंगी, मीनाक्षी के दहेज के लिए ले ली गईं। उनमें से कुछ ऐसी भी थीं जिसे भाविनी ने फरमाइश कर विभिन्न अवसरों पर मांगे थे। उसने बचाव के लिए धर्मिष्ठ की ओर आशा भरी नजरों से देखा, परन्तु निराशा ही मिली। अब कुछ नहीं किया जा सकता, क्योंकि विन्ध्याचल की यात्रा के दौरान जब साड़ियों के विषय में चर्चा हो रही थी ,तब नहीं बताया था कि मां ने उन पांच साड़ियों को पहनने से रोक रखा है।अब धर्मिष्ठ की समझ में आ रहा था कि उसकी शीघ्र शादी के लिए पिता इतने बेचैन क्यों थे। अतः अब चुप रहने में ही भलाई समझी। वर को उपहार देने के लिये धनिष्ठ को हाथ में पहनी हुई अपनी घड़ी भी पिता को सौंपनी पड़ी।वह

गोल्डेन फ्रेम वाली ख़ूबसूरत घड़ी उसकी सास ने विदाई के समय मंडप में दी थी।

4

दो वर्षों बाद भाविनी एक सुंदर, मनमोहक कन्या की मां बन गई। दोनों पति-पत्नी पहले संतान-सुख के अनुभव से गदगद थे। बेटी का नाम भव्यता रखा गया परंतु सभी उसे भव्या के नाम से संबोधित करते थे। देखते-देखते भव्या एक वर्ष की हो गयी।अब वह दौड़ती फिरती है। अपनी भाषा में वह एक्सप्रेस ट्रेन की रफ्तार से बोलती है।उसका यह अंदाज़ उसके दादाजी और कामवाली बाई को बहुत पसंद है।धर्मिष्ठ का प्रोमोशन हो गया।वह अब स्टेशन मास्टर हो गया। वहां के स्टेशन मास्टर रिटायर हो गए थे और धर्मिष्ठ का प्रोमोशन भी देय था। फलस्वरूप उसे प्रोमोशन तो मिला ही, पोस्टिंग भी वहीं हो गयी। अपने शहर में ही रह गया।वह प्रफुल्लित अवस्था में घर पहुंचा तो एक और शुभ समाचार मिला। उसका अनुज समीर आईएसी की परीक्षा फर्स्ट डिवीजन में पास कर गया था। उसने अपने प्रोमोशन की बात मां-बाप को बतायी तो उनकी प्रसन्नता में चार चांद लग गए। पत्नी से मिलने के बाद समीर को अपने कमरे में बुलाया और पूछा कि,

"समीर तुम आगे क्या पढ़ना चाहते हो?"

"मैं क्या बताऊं भैया? बाबूजी ने तो अपना निर्णय पहले ही बता दिया है कि मुझे यहीं बीएसी में एडमिशन लेने होंगे।"

"तुम क्या चाहते हो, सो जानना है मुझे।"

"मैं तो इंजीनियरिंग पढना चाहता हूं।और भैया, यहां किसी भी साइंस सब्जेक्ट में आनर्स की पढाई नहीं होती है।"

"सुना है जल्द ही शुरू होने जा रहा है।शिक्षा मंत्री ने आश्वासन दिया है।हो सकता है इसी सत्र से आरंभ हो जाय।"

"स्पष्ट वर्तमान को छोड़ अस्पष्ट भविष्य पर विश्वास करना उचित है क्या?"

"मार्क्सशीट ले आए हो?"

"कालेज गया था।एक सप्ताह के अन्दर आ जाएगा।"

"ठीक है मार्कशीट आजाने दो।तब तक प्रदेश के सभी इंजीनियरिंग कॉलेजों के एडमिशन के लिए कट आफ की सीमा का भी पता चल जायेगा।"

और पिता की इच्छा के विरुद्ध जाकर' धर्मिष्ठ ने समीर का दाखिला प्रदेश के सबसे प्रसिद्ध एवं देश के अच्छे इंजीनियरिंग कॉलेजों में से एक में करा दिया। समीर केलिए सभी आवश्यक सामान एवं वस्त्र आदि खरीदने के लिए रुपये कहां से आयेंगे, यह चिंता धर्मिष्ठ को सताने लगी।पिता ने सीधे कह दिया था कि एडमिशन कराया है, तो तुम जानो तुम्हारा काम जाने। उसने बाज़ार से उधारी पर भाई के लिए आवश्यक सामग्री, वस्त्र इत्यादि खरीदा। समीर को उसके कालेज में पहुंचाकर ,होस्टल में स्थिर कर, वापस लौटा तो पिता ने वो आरती उतारी कि उसका मन विद्रोह पर उतारू हो गया,परन्तु किसी तरह अपने पर काबू रख उनकी खरी-खोटी सुनता रहा।अब यह लगभग रोज़-रोज़ की बात हो गयी थीं। शांति से भोजन करना भी धनिष्ठ के लिए मुश्किल हो गया था। उसकी आहट पाते ही वे शुरू हो जाते थे,"इसको पता था कि आनर्स की पढ़ाई इसी सत्र से शुरू होने जा रहा है, फिर भी उसका एडमिशन इंजीनियरिंग में करा दिया।ये नहीं चाहता कि भाई यहां पढ़ कर प्रोफेसर बने और घर पर ही जमा रहे।"वकिल साहब की कड़क ज़बान और भी कंट्रोल से बाहर हो जाती थी, जब महुआ की बेटी सिर पर चढ़कर बोलने लगती थी। धर्मिष्ठ का जीना मुश्किल कर दिया था उन्होंने।नशे में बहू को भी लपेट लेते थे।

उसी दिन वेतन मिली थी और महंगाई भत्ते की चार महीने की बकाया रक़म भी मिली थी।उस पैसे से उसने पहले तो बाज़ार के बकाया राशि को चुकाया और बाकी बचे रुपए में पत्नी के लिए एक सामान्य परन्तु बहुत सुंदर नीले रंग की साड़ी ख़रीदी। पैसे कम पड़ गये।अतः ब्लाउज

का कपड़ा नहीं ख़रीद पाया। वेतन के पैसे अपने मन से नहीं खर्च करता था।पूरा वेतन मां के हाथों में सौंप दिया करता था। उसकी मां, पिता के निर्देशानुसार कुछ रक़म उसे दे देती थी।उस छोटी सी रक़म में ही उसे किसी तरह अपना खर्च पूरा करना पड़ता था। अक्सर उधार का सहारा लेना पड़ता था।राहत की बात थी कि भाविनी को नैहर से होली-दीवाली पर वस्त्र आते थे। उसकी सास के लिए भी साड़ी आती थी।उन्हीं कपड़ों में बिना किसी शिकवा शिकायत के भाविनी अपना काम चला लेती थी।आज जब उसे पति ने अपनी कमाई से पहली बार एक सुंदर साड़ी लाकर दी, तो उसकी ख़ुशी सातवें आसमान पर पहुंच गई। अगले दिन कृष्ण जन्माष्टमी के शुभ अवसर पर जब उसने वह नीली साड़ी पहनी, तो अपने को आईना में देखती रह गई।कितनी सुन्दर लग रही थी वो!यह ख़ुशी अल्प कालिक निकली। उसकी व्याहता ननद भी आई हुई थी। उसकी सास-ननद दोनों बैठी गप कर रहीं थीं। उसने सास के चरण छुए तो आशीर्वाद तो मिला पर उनके भीतर कहीं न कहीं कुछ अप्रसन्नता के भाव उठने लगे थे। ननद ने कहा कि,"भैया ने दिया है न? बहुत सुंदर है।ऐसी साड़ी मैं भी खोज रही थी।"उसका यह वाक्य आने वाले तूफान का संकेत था। दिन वाले शिफ्ट की ड्यूटी समाप्त कर धनिष्ठ घर में आभी प्रविष्ट हुआ ही था कि पिता की गर्जना कानों में पड़ी,

"यहां घर का खर्च चलाना मुश्किल हो रहा है और जनाब बीवी के लिए साड़ी लाकर दे रहे हैं। घर में बहन भी पहली बार नैहर आई है उसके लिए पैसे नहीं थे? किस मुंह से ननद के सामने नयी साड़ी का प्रदर्शन कर रही थी।"

धर्मिष्ठ चुपचाप अपने कमरे में चला गया। ड्यूटी वाला लिबास उतारा, कुर्ता-पायजामा पहना और बाहर निकल गया।आज अपने पिता के व्यवहार से वह बुरी तरह से हिल गया था। रात दस बजे घर आया और बिना कुछ खाए-पिए सो गया। बेचारी भाविनी? यंत्रवत काम निपटा कर कमरे में बैठी पति का इंतजार कर रही थी। पति की हालत देख वह मुंह ढक कर सिसक रही थी।उसने साड़ी उतार कर अपने बक्से में बंद कर

दिया था। कुछ दिनों तक दोनों पति-पत्नी बिना किसी से कुछ बोले हुए यंत्रवत अपने अपने कार्य करते रहे। धर्मिष्ठ,पिता के सामने पड़ने से भी कतराता रहा।

विवाह के बाद चार साल की ज़िंदगी इसी प्रकार हिंचकोले खाती गुज़र गई।भविनी ने एक पुत्र को जन्म दिया। उसके जन्म ने भाविनी और धनिष्ठ की ज़िम्मेदारियां बढ़ा दी। अब उन्हें मां-बाप और भाई-बहन की जिम्मेदारियों के अतिरिक्त अपनी दो संतानों के सुदृढ़ भविष्य की चिंता भी करनी थी। धनिष्ठ ने बेटा का नाम अभ्यंश रखा।

5

अभ्यंश अब दो साल का हो गया था। उसकी मौसी उसे प्यार से अंश पुकारती है और यही नाम भाविनी के अनुमोदन के बाद परिवार के सभी सदस्यों की ज़बान पर चढ़ गया।भव्या अब स्कूल जाने लगी थी।ग्रीष्म ऋतु अपने यौवन में था जब धनिष्ठ को पर्यटन के लिए पंद्रह दिनों की छुट्टी और सपत्नीक एसी थ्री का रेलवे पास मिला। पर्यटन स्थल का चुनाव उसने पहले से ही कर रखा था।पहाड़ों की रानी मसूरी को देखने का सपना विद्यार्थी जीवन से ही पाल रहा था।अतः विभाग को अपने निर्णय की सूचना तत्काल दे दी।जब यह ख़बर उसने पत्नी को दी तो वह खुशी से भर गयी।उसने यह ख़बर अपनी मां को अंतरदेशीय पत्र द्वारा दिया।यात्रा पंद्रह दिनों बाद शुरू होने वाली थी।भाविनी पुलकित मन से यात्रा की तैयारियां कर रही थी।समस्या पिता को सूचित करने की थी।धनिष्ठ को, मां को सूचित करना सबसे सुरक्षित लगा। उसकी मां कुंती ने उसके पिता शम्भु नाथ को बताया ।भाविनी-धनिष्ठ का संशय गलत सिद्ध हुआ जब उन्होंने भोजन करते समय बहू से पूछा कि,

" कब जा रहे हो तुम लोग?"

भाविनी ने बताया,"जी,इस महीने की बीस तारीख को।"

"गरम कपड़ें रख लेना।वहां ठंड पड़ती है।"

"जी बाबूजी।"

यात्रा के पांच दिन पहले मझले भाई अवनिंद्र का आईएसी का रिज़ल्ट घोषित हो गया।वह प्रथम श्रेणी में उत्तीर्ण हुआ। अवनिंद्र के पूछने पर धनिष्ठने कहा,"तुम्हें तो बीएससी में डाइरेक्ट एडमिशन मिल जाएगा।जिस विषय में रुचि हो उसमें आनर्स के साथ एडमिशन ले लेना।"

नियत तिथि को धनिष्ठ बालबच्चों सहित मसूरी के लिए निकल गया।उसे वाराणसी से देहरादून के लिए गाड़ी पकड़नी थी।

वाराणसी पहुंचने के तीन घंटे बाद देहरादून के लिये वराणसी-देहरादून एक्सप्रेस पकड़नी थी।वे वेटिंग रूम में बैठ गये। भव्या और अंश दोनों बच्चों की नींद पूरी नहीं हुई थी। वे सोने के लिए मचल रहे थे। उन्हें जगह बना कर सुलाने के बाद जब वे स्थिर हुए, तो चाय की चहेती भाविनी को चाय की तलब लगी। चाय की चुस्कियों के बीच धनिष्ठ ने भाविनी से पूछा,

"वह नीली साड़ी क्यों नहीं पहनती हो?"

"इतना सब कुछ होने के बाद भी आप यह सवाल पूछ रहे हैं?"

सवाल के जवाब का उत्तर सवाल में सुनकर धनिष्ठ ने कहा,"घर पर नहीं पहन सकती ये बात समझ में आती है लेकिन बाहर प्रदेश में नहीं पहनना गले से नहीं उतर रहा।"

"नहीं उतरता है तो मत उतरे।"अपने इस खीज़ भरे उत्तर से वह स्वयम् झेंप गई।बोली,"नहीं उतर रहा है तो पानी संग गटक लीजिए न।"और खिलखिला कर हंस पड़ी," अगली बार से पहनूंगी श्रीमान जी।"

"वादा?"

"नहीं।इसमें वादा करने जैसी कोई बात तो है नहीं।"

"किस बात का वादा मांग रहे हैं जीजा जी।"यह आवाज़ भाविनी की छोटी बहन मालिनी की थी। साली के सामान सहित अचानक आगमन से धनिष्ठ अच्चम्भित था।बोला,

"व्हाट ए प्लेज़ेन्ट सरप्राइज!"

"घबराईयेगा नहीं, मैं भी वहीं चल रही हूं। क़बाब में हड्डी ....।"और ठहाका मार कर हंसने लगी।

एक दिन देहरादून के रेलवे गेस्ट हाउस में ठहर कर दूसरे दिन मसूरी चले गए। वहां सौभाग्य से होटल रिवेरा के नीचले तल्ले पर एक सूट मिल गया। नीचे तल्ले पर होने के कारण किराया अपेक्षाकृत बहुत कम था। अपने जेब के अनुसार रहने का ठिकाना पा कर धनिष्ठ और भाविनी ने राहत की सांस ली।दोपहर बाद लगभग तीन बजे वे घुमने निकल पड़े। उनके होटल से निकटतम दर्शनीय स्थल कम्पनी गार्डेन था।इस रमणीय स्थल में पहुंचते ही बच्चे मां-बाप के हाथों से अपने को मुक्त कर मस्ती में किलकारियां भरते हुए इधर उधर भागने लगे। मालिनी उनको सम्भालने के लिए उनके पीछे-पीछे भाग रही थी। अचानक मौसम ने करवट बदला। तेज़ हवा के साथ हल्की बूंदाबांदी भी शुरू हो गई। ठंड लगने लगी। यहां के मौसम से अनभिज्ञ ,धनिष्ठ-भाविनी जैसे पर्यटक साथ में न छाता लाए थे और न गर्म कपड़े।भाग कर बच्चों सहित गार्डेन के एक शेड में आश्रय लिया।मौसम ठीक होते ही होटल की ओर सरपट भागे।'सब-हिमालयन रेंज' में यायावरी के लिए पहली शिक्षा मिल गई। अगले पांच दिनों में केमट्टी फॉल्स,गनहिल प्वाइंट,कैमेलबैक रोड, मालरोड, लाल टिब्बा;बाजार रोड(लैन्डूअर),का आनंद लेने के बाद देहरादून वापस आ गए।

देहरादून में तीन दिन रुक कर सहत्रधारा, टपकेश्वर महादेव, वन अनुसंधान संस्थान (फॉरेस्ट रिसर्च इंस्टीट्यूट, एफआरआई) का भ्रमण किया। एफआरआई बहुत ही पसंद आया उन्हें।उत्तर में कौलागढ़ और दक्षिण में आईएमए के बीच चकराता रोड स्थित वन अनुसंधान संस्थान पर प्रकृति खुल कर सौन्दर्य लूटा रही थी। देहरादून के बाद वो हरिद्वार

और अंत में गीता आश्रम,परर्माथ निकेतन, ऋषिकेश में दो दिन रुके।उस समय मोटरबोट से ऋषिकेश से गंगा उसपार गीता भवन जाया जाता था।उस ओर केवल दो खान-पान के होटल थे,मोटूलाला और चोटीवाला। बच्चों को मोटूलाला की तोंद और चोटीवाला की चोटी बहुत भाती थी। लौटते समय घर के लिए भुवाली की खूबानी और चौबटिया के सेब ख़ूबसूरत डोलचियों में ले लिये।

6

रिक्शा से उतरते ही भव्या दादाजी दादाजी बोलती हुई, किलकारियां भरती हुई, बैठके की ओर भागी। दरवाज़ा खुला हुआ था। उसके दादा शम्भुनाथ किसी मुवक्किल से बातें कर रहे थे।

"दादा जी हम आ गये।"नन्हे हाथों से चरण स्पर्श करते हुए बोली,"दादी?"

"भीतर हैं।भव्या बेटा खूब मन लगा न घूमने में?"

"हां। खूब मजा आया। दादाजी मौसी भी गयी थी। उनके साथ बहुत मजा आया।"

भव्या ,दादी,बुआ और चाचा से मिलने भीतर भाग गई। भाविनी अंश को लेकर मुख्य द्वार से भीतर चली गयी ।धनिष्ठ समान बैठके के बरामदे में रखवाने लगा। रिक्शावाला को भाड़ा देकर फलों की डोलची लिए मुख्य दरवाज़ा से जैसे ही भीतर पहुंच कर मां के चरण छुए, उसके पिता शम्भुनाथ बैठके से निकल कर आये और गरज पड़े,

"साली को घूमाने के लिए पैसे थे, मसूरी में मौज करने के पैसे थे। लेकिन अवनिंद्र को इंजीनियरिंग में एडमिशन कराने के लिए पैसे नहीं थे।"

शम्भुनाथ की आंखें चढ़ी हुई थीं,रात के आठ बजे थे। गर्मियों में आठे बजे शाम को भी रात का अंधेरा पूरी तरह से व्याप्त नहीं होता है।इतनी जल्द आज चढ़ा रखी है!जिसे वह मुवक्किल समझ रहा था वह तो मयखाने का

साथी निकला।सर मुंडवाते ओले पड़े वाली स्थिति होगयी थी धनिष्ठ के लिए।इस अचानक प्रहार से वह किम् कर्तव्य विमूढ़ की अवस्था में आ गया। फलों की डोलची वही छोड़ बाहर रखे सामानों को लाकर अपने कमरे में रखा और घर से बिना किसी को कुछ बोले रेलवे स्टेशन की ओर चल दिया। बाहर जेठ माह की गरमी से पूरा वातावरण शाम के आठ बजे भी धधक रहा था। भाविनी समझ नहीं पा रही थी कि यह विस्फोट क्यों?धनिष्ठ भी रेलवे कैन्टिन में बैठा सोच रहा था कि उसके पिता के दिमाग में क्या चलाता रहता है।वे अलग-अलग व्यक्तित्व को जीने वाले व्यक्ति हैं।कभी बहुत ही विचारवान पुरुष होते हैं ।उस समय वे बेटे-बहू के प्रसंशक, बच्चों के लिए वात्सल्य युक्त पिता और दादा जी, उत्साह वर्धन करने वाले परिवार के मुखिया होते हैं। अच्छी अच्छी सूक्तियां बोलते हैं।"पीच दाई एम्बिशन हाई","हाई लिविंग एंड प्लेन थिंकिंग","खाएंगे गेहूं नहीं तो रहेंगे यूं ही"ये उनके कुछ मशहूर बोल हैं। लेकिन दूसरी ओर समझ से परे विस्फोटक रूप, अनियंत्रित क्रोध, शराब के नशे में अमर्यादित व्यवहार। समीर को इंजीनियरिंग पढ़ने भेजा तो घर में रहना-खाना मुश्किल कर दिया। "यहीं आनर्स पढ़ता, प्रोफेसर बनता।"अब अवनिंद्र को आनर्स में एडमिशन लेने को कहा तो उसे इंजिनियरिंग पढ़ने क्यों नहीं भेजा। कोई करे भी तो क्या करें?उधर जाओ तो इधर क्यों नहीं गये,इधर जाओ तो उधर क्यों नहीं गये?उसका जीवन तो नरक बना दिया है। बाकियों के प्रति उनका व्यवहार ठीक-ठाक है।समीर की पढ़ाई क़रीब एक साल और बाकि थी।अगर अवनिंद्र को इंजीनियरिंग पढ़ने वह भेजता, तो आर्थिक तंगी के कारण पता नहीं क्या करते।

उसने तीन निश्चय किये।एक, पिता की इच्छानुसार अवनिंद्र का एडमिशन इंजीनियरिंग में, कर्ज लेकर भी,करा देना है।दूसरा यह कि उसे समय रहते अपने बच्चों के भविष्य पर फैसला ले लेना होगा। तीसरा यह कि मकान को परिवार के वर्तमान बारह सदस्यों,सात भाई बहन, माता-पिता,उसकी पत्नी और दो बच्चों के रहने लायक बनाना।अभी तो मात्र दो कमरे हैं और एक बरामदा।वह भी खपरैल।वर्षा होने पर छाता तान कर बच्चों को सुलाना पड़ता है। वर्तमान अलग्योझा के अनुसार, साझा बाहरी

आंगन की दूसरी ओर एक आधा ईंट आधा मिट्टी के दीवारों वाला कमरा मिल गया था जिसे स्टडी रूम की तरह इस्तेमाल किया जा रहा था।यह परिवार के लिए एक बहुत राहत देने वाली बात थी।

उसे अब कंजूसी से खर्च करना होगा। महंगाई भत्ता,वेतन वृद्धि, ओवरटाइम और बोनस से प्राप्त राशि को समेट कर जमा करना होगा।इसी ध्येय से उसने पत्नी भाविनी के नाम से एकल बचत खाता स्थानीय बैंक में खुलवा दिया।एक हितैषी की सलाह पर बेटी के नाम एक छोटी सी रक़म की बीमा पालिसी भी ले लिया जो कि उसके व्याह के समय काम आता।

कुछ दिनों बाद की बात है। शम्भुनाथ को बीमा वाली बात मालूम हो गयी।एक दिन रात्रि शिफ्ट की ड्यूटी के लिए धनिष्ठ निकलने वाला था कि उन्होंने उसे बुलाया और अपने तानाशाही रवैए को ज़ाहिर करते हुए कहा कि,"इस घर में और किसी का बीमा नहीं हुआ और तुमने बेटी के नाम से बीमा करवा दिया।यह अलगाववादी सोच तुमको किसने दिया बहू ने या उसके बाप ने?कल के कल बन्द करो बीमा को।"उन्होंने उसकी निर्दोष पत्नी और ससुर को भी नहीं बख़्शा।गुस्से और मजबूरी में धनिष्ठ ने बीमा बंद करा दी।चार महीने जमा की गई राशि डूब गई।रकम छोटी थी लेकिन असर बहुत गहरा था।भविनी ने ससुर की बातें सुनी लेकिन उसने अपने को विचलित नहीं होने दिया। पहले की तरह ही प्रफुल्लित मन से ,ननद,देवर और काम वाली दीदी से हंसी-मजाक करते हुए सारे काम पूरवर्त करती रही।

7

समीर को नौकरी करते करीब एक वर्ष हो गये थे।अवनिंद्र की पढ़ाई में उसके आर्थिक योगदान से शंभुनाथ आजकल प्रसन्न रहते थे। बालबच्चों, बहू से प्रसन्न रहते थे।लडकों के साथ बाहर के आंगनैया में क्रिकेट भी खेलते थे जिसे धनिष्ठ ने शुरू किया था।उसके अनुज और चचेरे भाई वहीं

पर धनिष्ठ की दी गई ट्रेनिंग से आगे चलकर अच्छे क्रिकेट खिलाड़ी बने।धनिष्ठ स्वयम् एक अस्तरीय क्रिकेट खिलाड़ी था।वह रेलवे के अपने डीविजन की क्रिकेट टीम का कप्तान था। माघ का महीना था।कड़ाके की ठंड पड़ रही थी।शनिवार के दिन क्रिकेट मैच के लिए रिलिभ हो कर धनिष्ठ सुबह आठ बजे की ट्रेन से रेलवे स्टेडियम पहुंच गया। पूर्वाह्न ग्यारह बजे से अपराह्न एक बजे और फिर दो बजे से सायं चार बजे तक अभ्यास सत्र चला। संध्या आठ से नौ बजे तक रेलवे कल्ब में हौज़ी खेल कर खाना खाया और अगले दिन मैच के लिए उपलब्ध खिलाड़ियों की सूची प्राप्त कर स्टेडियम में सोने चला गया। रविवार को एक दिवसीय मैच खेल कर जीत की खुशी के साथ, तिलकुट लिए घर पहुंच गया। पीछले मैच के दिन ही,गया से आने वाले एक साथी खिलाड़ी से वहां के मशहूर दुकान का तीलकूट लाने का अनुरोध किया था। उसके पिता को मिठाई बहुत पसंद है ख़ास कर तीलकूट।वह जब भी कहीं बाहर जाता था तो वे उसके लौटने के दिन इंतज़ार करते रहते थे। उसके आने की आहट पाते ही पूछते थे,

"धरम आ गया क्या?"

धनिष्ठ जवाब देता हुआ उनके कमरे की ओर बढ़ जाता,"हां बाबूजी।"

उस दिन भी यही क्रम दोहराया गया।धनिष्ठ तिलकुट लिए शम्भु नाथ के पास गया।पैर छूए तो पूछा, "मैच में क्या हुआ,जीते न?"

"जी बाबूजी। आपके लिए तिलकुट लाया हूं।गया से मंगवाया है।"

"बहू को दे दे। एक तिलकुट दे जाने के लिए कह देना। तुमने कितने रन बनाए?"

"आज फिर फिफ्टी बनाने से चूक गया। अड़तालिस रन ही बना पाया।"

"आज कल प्रैक्टिस भी भरपूर नहीं कर पा रहे हो।"

"समय कहां मिलता है।बस एक दिन के अभ्यास पर इतना खेल लेता हूं,यही बहुत है।"

"हतोत्साहित नहीं होना चाहिए। खैर जाओ खाना खाओ।बहू इंतज़ार कर रही होगी।"

अपने कमरे की ओर बढ़ा। भाविनी बीच में ही मिल गयी। तिलकुट का पैकेट लेते हुए कहा,"गरम पानी रख दिया है। वहीं कुर्ता-पायजामा भी रख दिया है। मुंह हाथ धोकर , ज्यादा से ज्यादा देह पोंछ लिजिएगा।नहाइयेगा मत। बहुत ठंड है।आज तो दिन भर बादल उमड़ते-घुमड़ते रहे।"

"लगता है आज रात बारिश होगी।"

"ठीक है।जाइए झटपट तैयार हो कर आईए। खाना निकाल रही हूं।"

"लगता है बहुत भूख लगी है तुम्हें?अपना भी खाना साथ ही लगाओ।एक साथ खायेंगे।"

"हम बाद में खाएंगे।समय बर्बाद मत कीजिए।जाइए चेंज कर के झट से आइये"

खाना ख़त्म कर धनिष्ठ रेडियो खोल समाचार सुनने लगा।वह खुश था कि उसके चहेते खिलाड़ी सलीम दुर्रानी ने सेंचुरी ठोकी और वह वेस्टइंडीज जानेवाली टीम में शामिल है। खुशी में ताली बजाने लगा। भाविनी दूध लेकर आई।ताली बजाते देख बोली, "बहुत खुश हैं!आपका सलीम दुर्रानी टेस्ट टीम में चुन लिया गया है न?"

"तुम कैसे मालूम?"

"बहरी नहीं हूं जनाब।न्यूज़ की आवाज़ मेरी कानों में भी पड़ रही थी।"

"तुम्हारी कान तो बहुत तेज है यार!"

"जी जनाब!"

"केवल मेरी कुछ बाते सुनाई नहीं पड़ती हैं।"

"सुनने लायक नहीं होंगी तो कैसे सुनूंगी?"

"कितनी बार कहा कि भूख लगे तो खा लिया करो। लेकिन नहीं।जब तक मैं नहीं खा लूंगा तब तक,पेट में चूहे कितने भी दौड़ते रहें, तुम इंतजार में बैठी रहोगी। तुम नहीं सुधरोगी"

"और आप कब सुधरेंगे श्रीमान?"

"मैं? कौन सी बात की ओर इशारा कर रही हैं श्रीमती जी?"धनिष्ठ यूं छोड़ने वाला नहीं था।

"पान-ज़र्दा-क़िमाम का पतिदेवता?"भाविनी कहां चूकने वाली थी।

"देखो, मैंने तुम्हारी चाय की लत छोड़ने को कभी कुछ कहा क्या? नहीं न?"

पति-पत्नी में हंसी-मजाक और नोंक-झोंक चल ही रहा था कि बारिश शुरू हो गयी। बिजली चमकने लगी। भाविनी ने भाग कर आधी खुली खिड़की को बंद किया।धनिष्ठ ने झटसे रेडियो का स्विच बंद किया और उसके प्लग पिन को सॉकेट से अलग किया।कई जगहों से छप्पर से पानी टपकना शुरू हो गया।एक जगह तो सीधे सोये हुए बच्चों पर गिरने लगा। भाविनी आंचल फैला कर बच्चों को टपकते पानी से बचाने का प्रयास करने लगी।धर्मिष्ठ जल्दी से छाता लाकर बच्चों के उपर तानकर बैठ गया।उसने ने भाविनी से कहा कि वह भींगी साड़ी को जल्दी से बदल ले।वह साड़ी बदल कर आई और पति के हाथों से छाता लेते हुए कहा,

" आप आराम कीजिए दो दिन के थके हैं।"

"साले बंदरों ने जीना हराम कर रखा है। इसी नवम्बर में तो छप्परके टूटे-फूटे खपड़ों को बदलवाने और उल्टे-पुल्टे खपड़ों को ठीक कराने का काम करया गया था।"

"हमारे मुहल्ले के सभी लोग बंदरों के उत्पात से त्रस्त हैं।"

"भगाने के कितने उपाय किए गए पर सब बेकार। काटने दौड़ते हैं।"

"आपको मालूम है कि नहीं, तीन-चार घर बाद जो काकाजी रहते हैं न, उनके मझले बेटे को बंदरों ने घेर कर काटा।हास्पिटल में भर्ती करवाना पड़ा है।"

"कुछ किया होगा तभी घेर कर काटा होगा।"

"नहीं जी।वो तो धूप में मुंह ढक कर सो रहा था।एक बन्दर ने उसके चादर को खिंचा तो उसकी नींद खुल गई। बन्दर को बगल में देख घबड़ा कर जोर से चिल्लाया और अपना चप्पल फेंक भगाना चाहा।बस सभी बन्दर जूट गये और गत बना दी बेचारे की।"

"भाविनी, मैं सोचता हूं कि इस गर्मी में जून से पहले, क्यों न छप्पर हटा कर पत्थर-बल्ली से पाट दिया जाय?"

"विचार तो नेक है। इसके लिए टेंट में पैसे भी तो होने चाहिए।"

"देखते हैं ।अभी तीन साढ़े तीन महीने हैं अपने हाथ में। पहले खर्च का एस्टिमेट करवाते हैं फिर देखते हैं कैसे क्या होगा।"

"ठीक है जी, मैं आप के साथ हूं।"

वह रात तो भाविनी ने आंखों में काट दी।धर्मिष्ठ ने भी पत्नी का साथ देने की भरपूर कोशिश की मगर थकान ने ऐसा करने नहीं दिया। पत्नी के कहने पर ऐसा बेसुध सोया कि एक बांह पलंगके बाहर लटक रहा था। भाविनी की आंखें भी अरुणोदय आते-आते लग गयीं और वह भी बच्चों की बगल में पसर गई। कामवाली बुआ के किवाड़ खटखटाने पर भविनी की नींद खुल गई। उठकर पहले तो पति की लटकती बाहों को पलंग पर रखा फिर किवाड़ खोल कामवाली बुआ को प्रणाम कर नित्य क्रिया के लिए चली गयी।धनिष्ठ के लिए समय तेज़ी से भागता जारहा था। वसंत पंचमी समाप्त भी नहीं हुई कि शिवरात्रि, होली, चैत्र नवरात्रि और रामनवमी एक के बाद एक धड़ाधड़ बीत गए।ग्रीष्म ऋतु का पदार्पण हो गया।धनिष्ठ ने अपने इलाके के मशहूर हेड राजमिस्त्री से अपनी समस्या और सोचे गये उपायों से अवगत कराया। मिस्त्री ने मकान का निरीक्षण कर सही-सही, कम से कम खर्च में, छत बनाने का प्लान बता

दिया।धनिष्ठ ने पत्थर की पट्टी और सखुआ(साल वुड) की बल्ली के भाव पता कर लिए।खर्च का अनुमान होते ही भाविनी का बैंक अकाउंट देखा।उसके बाद पत्नी की सलाह लेने के उद्देश्य से रसोईघर में गया।वह भोजन बना रही थी।पति को रसोईघर में देख, पूछा,

"बहुत तेज भूख लगी है?बस दो मीनट में खाना मिलेगा।खाने वाली मेज़ पर इंतजार कीजिए।"

"खाना बना है या नहीं,ये पता करने नहीं आया हूं। तुम से कुछ ज़रूरी सलाह-मशवरा करना है।"

भविनी ने आश्चर्य से पूछा,"यहां? अरे भोले बाबा रसोईघर घर है, आपका चैम्बर नहीं। भोजनोपरान्त स्थिर से अपने कमरे में बात करेंगे। अभी जाकर देखिए कि बच्चे पढ़ रहे हैं या नहीं। उन्हें सोने नहीं देना है। तुरंत खाना ला रही हूं।"

भोजन के बाद जब भाविनी स्थिर हुई तो बातचीत के दौरान उसने अपने खाते से राशि देने से मना कर दिया। बोली,"आप के अनुसार इतने रुपयों में केवल दो कमरों के छप्पर ही हट पायेंगे।अम्मा जी का कमरा तो खपरैल वाला ही रह जाएगा न? मुझे बिल्कुल उचित नहीं लगता ।कुछ और बचत करलें फिर काम लगायेंगे।"

"सच पूछो तो जिस कमरे में आम्मा रहती हैं वह तो ईंट और मिट्टी के गारे से बना एक घरौंदा है। बंटवारा में जब यह भाग मिला उस समय बाबूजी के पास पैसे नहीं थे। जैसे तैसे करके एक रसोईघर और एक पतला सा बैठका बनवा कर रहने लगे।आज भी दिन में बैठका और रात में बेडरूम की तरह इस्तेमाल होता है। पहले मैं उसमें सोया करता था। शादी के बाद हमें अपना कमरा दे कर बाबूजी ने स्वयम् के लिए उसे ले लिया।"

"इतना बताने का मतलब?"

"मतलब ये कि उस में नींव है नहीं।इसलिए बिल्कुल नया कमरा बनाना होगा। इतने पैसे कहां हैं हमारे पास?"

"इसी कारण से मैंने कहा कि और पैसे जमा कर तब हाथ लगाएंगे।"

"और तब तक यूं ही छाता तान कर रतजगा करते रहेंगे, क्यों?देखो भाविनी,इतने पैसों में दो कमरों के अलावा खींच-तानके ऊपरके तल्ले के लिए सीढ़ी बन सकती है। बस,इससे अधिक नहीं। मैं कहता हूं जितना काम होता जाय उतना कराते जांय। धीरे-धीरे पूरा दो तल्ला मकान बनवा दूंगा।"

धनिष्ठ के समझाने एवं आश्वस्त करने पर भाविनी तैयार हुई।

"अच्छी बात है,थोड़ी सी राशि छोड़ कर बाकि का चेक काट कर दे दूंगी।कब से काम लगेगा?"

"अगले ऑफ़-डे से यानी अगले शनिवार से।दो दिन की छुट्टी के लिए एप्लिकेशन भी दे दिया है।"

"गर्मी का मौसम है और घर में रहते हुए काम करवाना, मुश्किलें खड़ी कर सकता है।"भविनी ने नेक सलाह दी,"बाबूजी से बात कर लीजिए। कैसे काम कराना होगा,इस पर उनकी राय बहुत जरूरी है।"

शुभ मुहूर्त में मकान में काम शुरू हुआ। समझदार हेडमिस्त्री ने एक सप्ताह में कमरों के पाटने काम पूरा करवा दिया और पत्थरों के पाटन पर कंकड़-पत्थर मिश्रित मिट्टी की मोटी तह बिछाकर छत की पिटाई भी शुरू करवा दी।घरवाले पूर्ववत अपने अपने कमरों में रहने लगे और आगे काम भी चलता रहा।सिढ़ी का काम भी पूरा हो गया।उसी समय धनिष्ठ को नये वेतन वृद्धि की बकाया राशि का भुगतान प्राप्त हुआ।उस राशि से छत पर कमरों के निर्माण को ध्यान में रखते हुए मुंडेर उठाना प्रारंभ करा दिया। उस दिन धनिष्ठ सुबह वाली शिफ्ट के बाद आ कर छत पर मौजूद हेडमिस्त्री से काम की जानकारी ले रहा था कि उसके पिता शम्भुनाथ ऊपर आ गये।धनिष्ठ से पूछा,

"कब तक काम चलेगा? तुम्हारा प्लान क्या है?"

"प्लान है घर को बारह लोगों के रहने लायक बनाना।"

"तो एक रूम को क्यों छोड़ दिया।"

"उसके लायक पैसे इकट्ठे हो जाएं तो वह भी बनेगा।"

"पैसे नहीं थे तो काम क्यों शुरू कराया।और ऊपर रूम बनाने की क्या जरूरत है।"

"ऊपर रूम नहीं बन रहा। मुंडेर बनाना जरूरी है। बिना मुंडेर का छत खतरनाक होता है विशेष कर बच्चों के लिए। "

"बहस मत करो, कल से काम बंद। बल्कि अभी से बंद करो। बहुत हो चुका। बहुत मनमानी कर चुके तुम।"

और एक दो दिन में काम रुकना ही था।दो दिन पहले ही बंद हो गया। अचानक दो घंटे पहले बंद करने से सिमेंट गारा आदि बेकार हो गए।सबको मजदूरी देकर विदा कर दिया। हेड मिस्त्री से जब धनिष्ठ ने कहा,

"आगे का काम भी आप को ही कराना है। समय पर सूचित करूंगा।"

"हमको तो आप माफ कीजियेगा भैया जी। यहां काम करना बड़ा मुश्किल है।आप तो अधिकतर काम के समय रहते नहीं हैं।वकिल साहब कई बार मिस्त्री मजदूरों को डांट चुके हैं। घर में काम लगा है तो ठक-ठाक तो होगा ही न साहब!"

उस दिन रात को भी शराब के नशे में जो नहीं कहना चाहिए कहते रहे।धर्मिष्ठ समझ नहीं पा रहा था कि वे किस बात से इस प्रकार क्रोधित होकर आपा खो रहे हैं।छह वर्षीय भव्यताने घबरा कर पूछा ,

"मां, दादा जी पापा पर बिगड़ रहे हैं न?"

"हां"भाविनी ने हामी भरी

"क्यों मां?कल भी दोपहर में बिगड़ रहे थे।"

"मुझे नहीं पता बेटा।अब सोजा।सुबह छह बजे स्कूल जाना है न।"

यद्यपि भाविनी जान गई थी कि बाबूजी किस कारण इस तरह क्रुद्ध हैं और किस ने पलीते में आग लगाई है,वह चुप थी, चुप ही रही जीवनभर।धनिष्ठ का भी मन खट्टा हो गया था।उस रात देर तक सोचता रहा कि उसे अब करना क्या है।एक निश्चय के साथ वह सो कर उठा।

8

दोनों बच्चे बहुत उत्साहित थे।गरमी की छुट्टियों में ननिहाल जो जा रहे थे। भाविनी भी प्रसन्न थी क्योंकि बहुत दिनों बाद नैहर जाने की अनुमति मिली थी।धनिष्ठ भीं दो दिनों के लिए साथ जा रहा था। ससुराल में समय मिलते ही उसने भाविनी को बताया कि अगले हफ्ते उसे रेलवे क्वार्टर मिल जाएगा। और वह रहना शुरू कर देगा।इस खुलासे से भाविनी तो कांप गई, बोली,

"आप समझ रहे हैं न,आप क्या करने जा रहे हैं?हंगमा खड़ा हो जाएगा और खामियाजा भुगतना मुझे पड़ेगा।सब की उंगलियां मेरी ओर ही उठेंगी, मेरे मां-बाबा की ओर उठेंगी।"

"मैं अब और बर्दाश्त नहीं कर सकता।मेरी हालत जरखरीद गुलामों से भी बदतर हो गई है। केवल एक दूधारू गाय वाली हैसियत रह गई है मेरी।"

"ऐसा मत सोचिए।पूरी जिंदगी पड़ी है सामने।आज के युग में कौन इतना ज्यादा करता है अपने भाई-बहन, मां-बाप के लिए। हमेशा उनके बारे में ही सोचते रहते हैं। परिवार में तो ऊंचा-नीचा होता ही रहता है। गाड़ी हिचकोले खाती ही सही, मंजिल पर पहुंचती तो है।"

"भले ही चालक की रीढ़ की हड्डी चटक ही क्यों न जाय! मैंने निर्णय ले लिया है तो ले लिया है।गरमी की छुट्टियों के बाद बच्चों को लेकर तुम्हें वहीं रहना है,बस।"

"भाई-बहन की पढ़ाई का क्या होगा?"

"सब कुछ पूर्ववत चलेगा, सिर्फ हम-तुम अपने अलग घर में रहेंगे। मैं वहां समय-समय पर जाता रहूंगा।"

नीचे से सासुमां की आवाज़ आई,

"भावि,खाना लग रहा है, मेहमान को लेकर आ जाओ।"

"आई मां।",पति से कहा,"नीचे आइए, मैं जा रही हूं।अरे हां,मैं तो भूल ही गई, बाबा आप से रत्नागिरी जाने के लिए ट्रेन रूट की जानकारी चाहते हैं।उनसे बात कर लिजिगा।"

भाविनी और उसके भाई-बहन, पिता को बाबा कहकर संबोधित करते हैं।खाना खाने के बाद वह अपने ससुरजी के पास गया और कहा,

"बाबा, आपने मुझे बुलाया था।"

"हाँ, भावि से कहा था कि आपसे कुछ जरूरी बात पूछनी है।यहाँ से रत्नागिरी के लिए ट्रेन रूट की जानकारी करनी है।"

"घुमने जाना है क्या?"

"नहीं।वहां के रत्नावली कैनिंग(डिब्बाबंदी) इंड्स्ट्रीज़ में स्टोर मैनेजर का ऑफर मिला है।सोचता हूं स्वीकार कर लूं।"

"अच्छी खबर सुनाई आपने।सोचिये मत, ज्वाइन कर लीजिए।बहुत सुंदर जगह है।"

"आपकी सासु माँ कहती हैं कि पैंसठकी उमर में नौकरी नहीं सम्भलेगी आपसे।"

"बाबा आपने कल ही कहा था,"उम्र तो एक संख्या है।हौसला है तो तिहत्तर, सैंतीस हो जाता है।",आप स्वीकारोक्ति भेज दें। यहां से जाने के लिए सुविधाजनक ट्रेन होगी पटना बम्बई जनता एक्सप्रेस। यहां बैठिये और सीधे कल्याण उतरिए और वहां से रत्नागिरी के लिए ट्रेन ही ट्रेन है। जब जाना हो बताइएगा,रिजर्वेशन करा दूंगा।"

अगले दिन भाविनी और धनिष्ठ शिवालय गए तो दर्शन करने के बाद मंदिर परिसर के वटवृक्ष की शांत, ठंडी छाँव में बैठ कर नये निवास,रेलवे क्वार्टर में रहने की प्लानिंग करने लगे।कौन-कौन से सामान अपने घर से क्वार्टर में लाने होंगे और कब तथा कैसे लाएंगे?इन सब पर गहन विचार करने के बाद वे लौट आए।दोपहर में भोजनोपरांत धनिष्ठ अपने शहर लौट आया।उस दिन से उसकी ड्यूटी शाम वाली शिफ्ट की थी।जब शंभुनाथ कोर्ट चले गए तो धनिष्ठ ने मां को बताया कि उसे क्वार्टर मिल गया है।आज से वह वहीं रहेगा।उसकी मां ने पूछा,

"अचानक ससुराल से आकर अलग रहने की बात करने लगे?"

"देखो मां, ना ही मैं घर त्यागकर जा रहा हूं और ना ही मेरे ससुराल के लोगों का मेरे इस निर्णय में कोई हाथ है।मैं फिलहाल के लिए जा रहा हूं क्योंकि घर में कमरों की बहुत कमी है और सभी कष्टपूर्वक रह रहे हैं।वहां रहकर इस घर को रहने लायक बना दूंगा, तो वापस आ जाऊंगा।"

अपनी पलंग, गोदरेज आलमीरा और कपड़ों के बक्से सब को ट्रैक्टर ट्राली में ले कर रेलवे के अपने क्वार्टर चला गया। गर्मी की छुट्टियों के बाद स्कूल खुलने से पहले भाविनी एवं बच्चे, बाबा संग क्वार्टर में पहुंच गए। कुछ दिनों तक तो सब नयी जगह में उदास-उदास से लगे। कहां तो दादा-दादी के घर का गहगहाना और कहां क्वार्टर के अंजान वातावरण में रहता एकल परिवार।समय के साथ जैसे-जैसे आस-पड़ोस से जान,-पहचान बढ़ने लगी,सब में जीवंतता वापस आने लगी। मल्लिका की सुगंध को फैलते देर नहीं लगती।भाविनी के गुणों की सुगंध कब तक घर में कैद रहती!जल्द ही पूरी कालोनी में सुघड़ गृहिणी के रूप में मशहूर हो गयी,खासकर स्वेटर बुनाई एक्सपर्ट और बच्चों की चहेती चाची के रूप में।अब अक्सर दोपहर में कोई न कोई औरत, लड़की,बुनाई-कढ़ाई सिखने के लिए बैठक में जुटी ही रहती थी।अब वह काफी ख़ुश रहती थी।धनिष्ठ और उसकी छौ वर्षीय बिटिया भव्यता फूल-पौधों के शौक़ीन थे। भाविनी भी कम शौक़ीन नहीं थी, लेकिन उससे ख़ुरपी-कुदाली नहीं

चल पाती थी।शरद ऋतु के आगमन तक उनकी फुलवारी अपने यौवन पर आ गई।

भाविनी क्वार्टर की फुलवारी के बीच बने कंक्रीट के चबूतरे पर बुनाई की पाठशाला लगाए बैठी थी।धनिष्ठ ने जैसे ही गेट खोला,भाविनी ने पाठशाला की छुट्टी कर दी।खाना खाते समय धनिष्ठ ने भाविनी को बताया कि,

" शहर के पश्चिमी पौश इलाके में जहां सरकारी रेस्ट हाउस,डीएम कोठी और जमिंदारों के छिटपुट बंगले और बागान हैं न?

"हां,कई बार उधर गयी हूं।गैस कम्पनी के रास्ते के बीच में ही तो पड़ता है।"

"और हमारे क्वार्टर से मात्र दस-पंद्रह मिनट की पैदल दूरी पर है ।"

"हां है तो?"भाविनी धनिष्ठ की लम्बी भूमिका बांधने से अकुलाकर बोली,"पतिदेव महोदय, भूमिका बांधना छोड़ असली बात पर आइए।"

"वहां सर ज्योति प्रसाद की कोठी की जमीन बिक रही है। सोचता हूं एक छोटा सा प्लॉट ले लूं।जमीन महंगी नहीं है।"

"रकम कहाँ से लाएंगे?"

"अपने पीएफ से लोन ले कर।करीब सात वर्ष हो गये नौकरी करते,पता लगाता हूं कितना लोन मिलेगा।बैंक से लोन की भी संभावना तलाशूंगा।"

खाना के बाद अपने शयन कक्ष में आराम करने लगा।आंख लगी ही थी कि लोहे के गेट के खुलने की आवाज़ से नींद खुल गई। उसने देखा कि मिडवाइफ मिसेज भादुड़ी गेट में प्रवेश कर रही हैं। भाविनी उसके साथ अपने कमरे में चली गई। करीब चार महीने बाद धनिष्ठ का पीएफ लोन सैंक्शन हो गया। लेकिन जमीन की रजिस्ट्री के लिएअभी भी कुछ रक़म कम पड़ रहा था। उसने यह बात जब भाविनी को बताई तो उसने कहा,

"और बैंक लोन का क्या हुआ?"

"बैंक जमीन खरीदने के लिए लोन नहीं देता। मकान बनाने के लिए देगा।"धनिष्ठ के स्वर में निराशा का भाव झलक रहा था,"अब तो लगता है कि यह जमीन हमारे भाग्य में नहीं है।"

"इस तरह से निराश मत होइए जी।",इतना कह वह अपने कमरे में रखी गोदरेज आलमीरा से अपना स्वर्ण-कंगन निकाल कर ले आई,"लीजिए इसे बेचकर जमीन की रजिस्ट्री करा लीजिए।"

"नहीं यह पाप मैं नहीं कर सकता। पहले ही तुम्हारे अधिकांश गहने ले लिए गए हैं और अब यह। नहीं भाविनी यह मुझसे नहीं होगा।"

"भावना में मत बहिए जी।यह जमीन हाथ से मत निकलने दीजिए।",पति को असमंजस में देख बोली,"कुछ सोचिए मत।जब पैसे होंगे तो खरीद दीजिएगा। चलिए समझ लीजिए कि बैंक की जगह गृहलक्ष्मी से कर्ज लिया है।"

पत्नी की त्यागशीलता से अभिभूत धनिष्ठ ने ज़मीन खरीद ली। लेकिन इस बात को किसी को नहीं बताया, बच्चों को भी नहीं। ज़मीन की रजिस्ट्री होने के अगले दिन भाविनी ने तीसरी संतान के रूप में दूसरे बेटे को जन्म दिया।जन्म-संसकार में उसके दादा-दादी और बुआ सभी उपस्थित रहे। बच्चे का नाम मार्तण्ड रखा गया। अगले महीने दूसरी बहन प्रभा की शादी, प्रदेश में चलरहे विद्यार्थियों के उग्र आंदोलन के कारण उत्पन्न कठिन परिस्थितियों के बीच, सम्पन्न हुई।इसका सारा श्रेय धनिष्ठ और भाविनी की कार्यकुशलता और हिम्मत को जाता है।

9

भव्यता राजकीय कन्या उच्च विद्यालय की आठवीं कक्षा में बायोलॉजी के साथ साइंस में नामांकित हुई। अभ्यंश भी पांचवीं कक्षा में पढ़ रहा था। मार्तण्ड भी अपनी अग्रजा एवं अग्रज की तरह दूसरी कक्षा का तेजस्वी छात्र था।धनिष्ठ भी प्रमोशन प्राप्त कर स्टेशन सुप्रिटेंडेंट के पद पर

कार्यरत था।उसकी पोस्टिंग सौ किलोमीटर दूर के एक बड़े स्टेशन पर था।घर और कार्यस्थल के बीच डेली पैसेंजर था। अतः उसकी व्यस्तता और भी बढ़ गई।फलसवरूप भाविनी की जिम्मेवारियां बढ गईं।उस पर पहले से ही काम का बोझ अधिक था।घर का बजट इतना टाइट था कि दाई-नौकर रखने का सवाल ही पैदा नहीं होता था! अतः घर के ए से ज़ेड़ तक सारे काम अकेले भाविनी को ही करने पड़ते थे।उपर से बच्चों से लेकर पति तक के कपड़े भी उसे ही धोने पड़ते थे। पति के शर्ट-पैंटको छोड़ कर, जिसे धोबी को आयरन के लिए देती थी,बाकि के आयरन वह स्वयम् करती थी।सारे काम निपटा कर ही अपने देह का काम किया करती थी। उसके लिए तो आराम हराम था, लेकिन कभी उफ़ तक नहीं करती थी। ऐसे परिवेश में उसको ख़बर दी गई कि उसकी सास सीढ़ियों से गिर गयीं हैं और उसके ससुर और सबसे छोटा देवर गांव गए हुए हैं।सारे काम निपटा कर वह खाना खाने जा रही थी। खाना की थाली को ढक कर,घर में ताला लगाया और चाबी पड़ोसन को दे दिया, ताकि बच्चे स्कूल से लौटें तो परेशान नहीं हों ।वह सास के पास चली गई।

अस्पताल में सास की मरहमपट्टी कराने के बाद पुनः डाक्टर से मिली। डाक्टर ने बताया कि उसकी सास का रक्तचाप बहुत घट गया है और इन्हें पानी चढ़ाना पड़ेगा। तीन से चार घंटे लगेंगे। उसके बाद ही घर जा सकेंगीं।समस्या थी कि उनके पास अस्पताल में तीन-चार घंटे बैठेगा कौन।उधर बच्चों की चिंता इधर सास की देखभाल! फैसला सास के हक़ में लिया और मन कड़ा कर सास के पास रहने का फैसला लिया।सब करते-कराते शाम के सात बज गए।तब तक उसके ससुर भी आ गये।उनके कहने पर वह जल्दी-जल्दी घर की ओर चल पड़ी। पड़ोसन बहुत ही समझदार और भली थी। बच्चे उनके पास ख़ुश थे।

दो-तीन महीने बाद धनिष्ठ ने भाविनी से कहा कि अब उन्हें मकान बनाने के विषय में गंभीरता से सोचना चाहिए। उसके विचार से उचित समय आगया था जब उन्हें अपने मकान के निर्माण का काम प्रारंभ करना चाहिए। भाविनी की सहमति से शुभ मुहूर्त में घर के नींव की पूजा की

गई।इस अवसर पर उसके पिता तो आये परन्तु मां नहीं आईं। मकान के निर्माण के दौरान भाविनी की कार्यकुशलता और कर्मठता का एक अलग ही स्वरूप सामने आया।धनिष्ठ तो अधिकांशतः ड्यूटी पर रहता था।सौ किलोमीटर दूर प्रति दिन आने जाने के बाद समय ही कहां बचता था। समय का अच्छ-ख़ासा भाग तो ड्यूटी पर आने-जाने में व्यतीत हो जाता था। गृहनिर्माण की देखभाल भाविनी को करनी पड़ती थी ,जिसे वह बड़ी निपुणता से निभा रही थी।इसी दौरान धनिष्ठ का छोटा भाई अवनिंद्र जो इंजीनियरिंग द्वितीय वर्ष का विद्यार्थी था और ग्रीष्मावकाश में घर आया था, भैया-भाभी से मिलने आया और बताया कि बाबूजी की तबीयत ठीक नहीं रहती।भाविनी ने पूछा,

"क्या हुआ है?"

"भाभी , बाबूजी अपनी बिमारी छुपा रहे हैं।कुछ दिनों से उन्हें हल्का-हल्का बुखार रहता है। छिपाकर थर्मामीटर से बुखार मापते रहते हैं।एक दिन मां ने देख लिया लेकिन बोली कुछ नहीं। जैसे ही बाबूजी हटे तो मां ने चुपके से थर्मामीटर देखा। सौ डिग्री बुखार था। उनको डाक्टर से परामर्श करने को कहा पर टालते रहे। मां ने कहा है कि भैया से जाकर बोलो कि छुट्टी लेकर बाबूजी को किसी अच्छे डाक्टर से दिखलवा दे।"

"ठीक है अवनि बबुआ, जैसे ही आपके बड़का भैया आएंगे उनको सब कुछ बता दूंगी।"

"हां भाभी। भाभी, एक भैया ही हैं जो उनको डाक्टर के पास लेजा सकते हैं। चाहे कितना भी गुस्सा करें, विश्वास सबसे ज्यादा भैया पर ही करते हैं बाबूजी।"

"जानती हूं बबुआ। आपके भाई भी बाबूजी को बहुत प्यार करते हैं। यहां रह कर भी हमेशा उनकी चिंता करते रहते हैं।उनकी शिक्षाप्रद बोल को बच्चों को बताया करते हैं।"

"चलता हूं भाभी। आज्ञा दीजिए।"

"ऐसे कैसे आज्ञा दूं। रुकिए,खाना खा कर जाना है।"

"आज रहने दीजिए, फिर कभी। दोपहर वाली ट्रेन से लौटना है।कल से कालेज खुल रहा है।"

"अबसे आइए तो यहां से होकर मां जी के पास जाइए। होस्टल के लिए जो कुछ नाश्ता या स्नैक्स चाहिए मुझे बता दिया कीजिए।बना कर आपके भैया के हाथों भिजवा दूंगी।"

भाभी का चरण स्पर्श कर आशिर्वाद ले, अवनिंद्र चला गया।धनिष्ठ ड्यूटी के बाद जब घर लौटा और नहा-धोकर खा-पीकर विश्राम करने लगा तो भाविनी ने बाबूजी की तबियत के बारे में जानकारी दी।धनिष्ठ ने बिना देरी किए कपड़े बदले और बाबूजी से मिलने चल दिया। रात्रि के नौ बजे के आसपास घर लौटा। बहुत चिंतित और थका-थका सा लग रहा था। भाविनी ने पति की मनोदशा को भांपते हुए बाबूजी के बारे में तत्काल कुछ पूछना उचित नहीं समझा। उसने धनिष्ठ से भोजन के लिए पूछा,

"खाना यहीं ला दूं?"

"नहीं।एक कप चाय अदरक वाली पिला सको तो पिलाओ।"

"अभी लाई।"बोलकर भाविनी चाय बनाने चली गई।

चाय की चुस्कियों के साथ धनिष्ठ ने बताया कि बाबूजी की तबियत ज्यादा बिगड़ गई है।

शंकित भाविनी ने पूछा,

"कोई खराब बीमारी तो नहीं है न!"

"एक्स-रे से पता चला कि उनके फेफड़े में पानी आ गया है।मतलब की प्लूरिसि हो गया है।"

"तब?"

"लम्बा इलाज चलेगा। इंजेक्शन लेने के लिए बिल्कुल तैयार नहीं हैं। डाक्टर को साफ-साफ कह दिया कि खाने वाली दवा के द्वारा इलाज संभव है तो करिए , इंजेक्शन नहीं लेंगे।"

"इंजेक्शन से बहुत ज्यादा डरते हैं। इसी कारण ब्लड टेस्ट भी नहीं करवाते हैं।याद है न आपको?"

"अभी समस्या है इलाज के लिए पैसों का इंतजाम करना। मकान का काम चल रहा है वो अलग आर्थिक समस्याएं खड़ी कर रहा है।"

"समीर बबुआ को खबर करिए ना।"

"ऑन दी स्पौट तो मैं हूं। मुझे ही करना होगा। अगले महीने से बढ़े हुए डीए के साथ सैलरी मिलेगी और हो सकता है कि डीए का एरियर्स भी मिल जाय! लेकिन समस्या अभी की है। डाक्टर का प्रेस्क्रिप्शन मेरे ही पास है। महंगी दवाईंयां हैं। बाजार में पहले का ही कर्ज पूरा चुकाया नहीं है, नये का सवाल नहीं है।"

भाविनी पति की ओर देखते हुए कुछ सोचती रही फिर कुछ निर्णय कर अपनी रिंग-फिंगर की अंगूठी निकाल कर धनिष्ठ को देते हुए कहा,

"कुछ कहिएगा नहीं।मेरे पास एक और है।"धनिष्ठ कुछ कहने ही वाला था कि भाविनी उठकर रसोईघर की ओर यह कहते हुए चल दी कि उसे अब कुछ नहीं सुनना-समझना है।

शम्भुनाथ का विधिवत इलाज चलता रहा।बाद में समीर ने उनके इलाज का जिम्मा अपने ऊपर ले लिया।इससे धनिष्ठ को बहुत राहत मिली। उसका घर यद्यपि पूरी तरह से रहने लायक नहीं बना था, गृहप्रवेश के पूजापाठ की अनिवार्यता को पूरा कर रहना शुरू कर दिया।गृहप्रवेश में मां-बाप ,सास-ससुर सभी आए थे।

उस वर्ष शारदीय नवरात्र में हर साल की तरह सम्पूर्ण परिवार विंध्याचल नहीं जा सका।धनिष्ठ की मां, और कुआंरी बहन कृष्णा का समीर के पास रीवा जाना तैय था। धनिष्ठ,उसके पिता शम्भूनाथ, भाविनी और बालबच्चे रात्रि वाली ट्रेन से विंध्याचल के लिए चल पड़े।सुबह विंध्याचल पहुंच कर उन्होंने गंगा स्नान किया।भाविनी ने सुंदर सी नीली साड़ी पहनी ली थी जिसमें वह बड़ी प्यारी लग रही थी।धनिष्ठ एकटक उसे निहार रहा था। भाविनी पति के मनोभाव को ताड़ गई,बोली,

"ये आप वाली साड़ी नहीं है हुजूर, मेरी मां ने तीज के लिए भेजा था वह है।समझे भोला बाबा।"

"और मैंने जो दिया था वह?"धनिष्ठ ने पूछा,"उसे क्यों नहीं पहनतीं?दश वर्षों से जाने कहां फेंक रखा है।"

"फेंका नहीं है जनाब। पहली बार दी गई प्रेम की निशानी को कोई प्रेयसी कैसे फेंक सकती है!उसे मैंने अपने मालखाने में सहेज कर उचित वक्त के लिए रख छोड़ा है।"

विंध्यवासिनी के दर्शन के बाद कुछ साग-सब्जी,भूंजा आदि आवश्यक सामान की खरीदारी कर विंध्याचल पहाड़ी के लिए कूच कर गए।अष्टभुजा के गेरुआ तालाब स्थित कृष्ण मंदिर में हर साल की तरह डेरा डाला।उस दिन नवरात्र का प्रथम दिन था और भाविनी दुर्गा शप्तशती का पाठ कर रही थी।पूरा नवरात्र एक शाम के शुद्ध शाकाहारी भोजन पर रहते हुए पाठ पूरा करना था।विंध्य पर्वत श्रृंखला में पड़ने वाला, एक हरे-भरे जंगलों वाला क्षेत्र है विंध्याचल। अतः विंध्याचल पहाड़ी पर रात में प्रकाश स्रोत पर भिन्न-भिन्न प्रकार के पतंगे टूट पड़ते हैं। इसीलिए भाविनी ने चिराग़ बत्ती के पहले ही रात का भोजन बना कर रख दिया। भोजन में शुद्ध देसी घी का पराठा और आलू पटल की सब्जी बनाया था। अंधेरा होते ही बच्चे खाने बैठ गए।भाविनी ने धनिष्ठ से कहा,

"आप भी बैठ जाईए न!"

"अभी नहीं बाद में बाबूजी के साथ खाऊंगा।ऐसा करो तुम भी खा लो।मैं परोस दूंगा।तुमने तो सुबह से कुछ खाया नहीं है।"

"जब सभी भोजन कर लेंगे तो खाऊंगी।"

"तुम नहीं सुधरोगी।"धनिष्ठ ने नाराजगी जताई।

"अब क्या सुधरूंगी श्रीमान जी!अपना स्त्रीधर्म तो हरहाल में निभाना है! छोड़ें इस बात को।पता कीजिए कि बाबूजी कहां हैं।अंश और भव्या को

उन्हें खोजने को भेजा था।कहीं दिखाई नहीं पड़े।पता नहीं कहां चले गए हैं!"

रात्रि में जब शम्भुनाथ भोजन पर बैठे तो उनकी आंखें चढ़ी हुई थीं। भाविनी ने देखा तो भावी आशंका से भीतर ही भीतर कांप गई। उसकी आशंका सच हो विभत्स रूप में प्रकट हुई।शंभुनाथ ने पहली कौर मुंह में डाली भी नहीं थी कि गरज पड़े,"ऐसा ही ठंडा,जला सूखा पराठा खाता हूं मैं! क्या सिखाया है तुम्हारे मां-बाप ने?घर तोड़ना?पति को वश में कर मां-बाप से अलग करना?"इतना कह थाली उठाकर फेंक दी।ख़ैरियत थी कि किसी आदमी को लगी नहीं। मंदिर परिसर और आस-पास के लोग तामशबीन बन कर मजा ले रहे थे। शम्भुनाथ को लेकर खुसर-फुसर भी हो रहा था।आहत भाविनी ने चुपचाप जूठे बर्तन समेटे और उन्हें लेकर तालाब की ओर चली गई।

तालाब की अंतिम सीढी पर बर्तन मांजती भाविनी की आंखों से टपकते आंसू रात्रि के शांत वातावरण में टप-टप की स्पष्ट ध्वनि प्रसारित कर रहे थे।धनिष्ठ को पत्नी के आहत मन का अहसास हो रहा था।वह धीरे से उसके पीछे जा कर खड़ा हो गया।वह सोच में पड़ गया कि भावि के आहत मन पर कैसे मरहम लगाया जाय। उसने कहा,

"भावि,अभी ही बर्तन धोना आवश्यक है क्या?लैम्प पोस्ट के धुंधले प्रकाश में क्यों आंख ख़राब कर रही हो!चलो उठो!कल धोना इन्हें।"

उसके हाथ रुके!लगा कि कुछ बोलेगी परन्तु कुछ कहा नहीं।अब पहले से भी तेज गति से तवा को स्क्रबर से रगड़ने लगी।तवे पर जमे कालिख को हटाकर ही दम लेगी।

10

समय की नदिया अपनी अविरल गति से बहती रही।धनिष्ठ की बेटी भव्यता का विवाह दादा-दादी की निगरानी में प्रसन्नता पूर्वक सम्पन्न हो गया। अभ्यंश एयर फोर्स अकादमी हैदराबाद में आफिसर्स ट्रेनिंग ले रहा था।धनिष्ठ के सबसे छोटे भाई डॉक्टर अनिरुद्ध और एमए में पढ़ रही छोटी बहन कविता की शादी अभी नहीं हुई थी।पिता की अचानक मृत्यु ने धनिष्ठ पर परिवार का अतिरिक्त बोझ डाल दिया। मां तथा कविता को अपने साथ रहने के लिए अनेक कोशिशों के बाद मना ही लिया।धनिष्ठ ने शहर के पुराने घर को किराए पर उठा दिया। किराए की पूरी रक़म सीधे मां हाथों में रख दिया करता है। चारो भाई, मां और कविता का पूरा ध्यान रखते हैं। अभ्यंश ट्रेनिंग सफलतापूर्वक पूरा कर फ्लाइंग आफिसर के पद पर कार्यरत है।कविता की शादी धूमधाम से सम्पन्न कर दी गई। इस शादी में समीर का योगदान अत्यंत महत्वपूर्ण एवं सराहनीय था। धनिष्ठ का छोटा बेटा मार्तण्ड बीएससी पार्ट वन का विद्यार्थी था।धनिष्ठ की प्रोन्नति चीफ यार्ड मास्टर पद पर हो गई थी। परिवार हंसी-खुशी जीवनयापन कर रहा था। अनिरुद्ध का व्याह भी एक सुयोग्य कन्या से सम्पन्न हो गया। पिता के बाकी रह गए सभी कार्य संतोषप्रद ढंग से निबटा कर धनिष्ठ ने चैन की सांस ली।

एक दिन भाविनी जब अपने मस्त-बाला के स्वभाव के अनुरूप चुहलबाज़ी के मूड में थी तो उसने पति को छेड़ा,

"कविता की शादी में पीले रंग की धोती,सिर पर गुलाबी साफा और पैरों में महावर लगाए जब आप कन्यादान कर रहे थे तो कितने सुन्दर लग रहे थे। और मैं आपके बगल में गोटा टकी सुनहरी पटोले की साड़ी पहने बैठी, मुग्ध हो आपको निहारे जा रही थी।"

"तो?"धनिष्ठ समझ रहा था कि भाविनी खुशियों से लबरेज है और जब वह बहुत खुश होती है तो उसे मस्ती में चुहल करने की सूझती है।

"तो क्या!मेरा मन करता है कि हल्के गुलबी रंग की बनारसी साड़ी और गोटे वाली हल्के लीलैक रंग की ओढ़नी में मंडप में बैठूं और पीली धोती,मलवरी सिल्क का कुर्ता,महावर लगे पैरों में अमृतसरी जूती और सिर पर लाहौरी पगड़ी पहने कोई आये और मेरी बगल में बैठ जाय।"

"अच्छा!ये शौक चढ़ा है।"

"क्यों आप का मन नहीं करता, पीली धोती , सिल्क का कुर्ता, आलता से रंगे पैरों में अमृतसरी जूती और सिर पर लहरदार पगड़ी बांध कर मंडप में बैठने का?"

"नहीं! बिल्कुल नहीं!"

"मेरा तो करता है!"

"तो ठीक है।कल अखबार में इश्तहार देता हूं कि एक अदद वर की तलाश है।"

तभी कॉलबेल बज उठा।

"धत् तेरे कि।सब गुड़ गोबर कर दिया।"

धनिष्ठ बुदबुदाते हुए दरवाज़ा खोलने उठा,

" रंग में भंग पड़ ही गया।... जेठ की तपती दुपहरी में कौन मरने आ गया!"

बेल फिर बज उठा।

"आया भाई।बेल मत बजा, अम्मा जाग जाएंगी।"जल्दी-जल्दी चप्पल पैरों में डाल धनिष्ठ दरवाज़ा खोलने के लिए भागा।बाहर एक सज्जन अभ्यंश के लिए विवाह प्रस्ताव लेकर आए थे। उन्हें ड्राइंग रूम में बैठा कर भीतर भाविनी के पास आया।

"भावि, एक सज्जन अपनी बेटी के लिए अंश का हाथ मांगने आए हैं।"

भाविनी झटपट शरबत-ए-आज़म का शर्बत, पेठा औ कुछ नमकीन ट्रे में लेकर आई और बोली,

"ले जाइए स्वागत कीजिए। फोटो, जन्म-कुंडली बायोडाटा मांग लीजिएगा।"

"समझ गया भावि महोदया।आप भी अंश के बायोडाटा की प्रति फ़ाइल से निकालकर तैयार रखियेगा।" पत्नी को निर्देश दे धनिष्ठ ड्राइंग रूम में चला गया।आगन्तुक को विदा कर जब धनिष्ठ भाविनी के पास आया तो बोला,

"लगता है कि तुम्हारी गुलाबी साड़ी और लिलैक ओढ़नी में मंडप में बैठने की इच्छा, जल्द ही पूरी होने वाली है।"

"देखा!इसको कहते हैं 'एक्सेलेंस आफ स्ट्रांग विल-पावर' इच्छाशक्ति का कमाल!"

लड़की का फोटो, जन्मकुंडली और बायोडाटा देते हुए धनिष्ठ ने कहा,

"इसको लेकर जो तीन लड़कियों के प्रस्ताव हमारे पास आये हैं वे तीनों हमारी बहू बनने की योग्यतारखती हैं।अम्मा और तुम, दोनों सास-बहू मिल कर अपना निर्णय हमें बताओ।

अभ्यंश का विवाह सुन्दर सुयोग्य कन्या से सम्पन्न कर दिया गया। बहू-बेटा दोनों सुखी-संतुष्ट जीवन बीता रहे हैं।छोटा बेटा मार्तण्ड भी केंद्रीय कस्टम विभाग में कस्टम अधिकारी के पद पर कार्यरत है।उसकी शादी की बात भी चल रही है। बड़े बेटे और बहू ने जिस लड़की को मार्तण्ड के लिए चुना उसी से उसकी शादी कर दी गई। भाविनी-धनिष्ठ अपने शरीर से जितनी ज़िम्मेदारियां थीं उन्हें पूरा कर निश्चिंत हो गये।सभी अपनी-अपनी ज़िन्दगी से ख़ुश थे।लेकिन परिवार की जनक,धनिष्ठ की मां अपने जीवन से संतुष्ट नहीं थीं। इतने सुखी, सम्पन्न परिवार की केंद्रबिंदु की असंतुष्टता का प्रत्यक्ष कोई कारण नहीं था।समय और काल के साथ उन्होंने ने अपनी जर्जर हो चुकी मान्यताओं को त्यागने के बजाय पकड़े रखा था।शायद यही उनकी असंतुष्टि का कारण था। उन्हें तो अपने बच्चों

की प्रगति से खुश रहना चाहिए था, उन्हें तो संसार की सबसे सुखी, तृप्त-संतुष्ट मां होना चाहिए था!लेकिन नहीं! यद्यपि कि बच्चे,पौत्र सभी उनके मुंह से बात निकली नहीं कि पूरी कर देते थे, वह अंसतुष्ट ही रहीं और असंतुष्ट ही संसार से कूच कर गईं।

सास के अंतिम संस्कार में भाविनी को सारी जिम्मेवरियां अकेले संभालनी पड़ी।उसके सभी देवर प्रवासी हो गये थे।जो घर पर रहता है उसे तो परिवार के सारे काम का बोझ अकेले ढ़ोना ही पड़ता है ।दूर-दूरस्थ रहनेवाले परिवार के सदस्य चाह कर भी उतना सहयोग नहीं कर पाते।भाविनी इन बातों को भलीभांति समझती थी, इसलिए कभी किसी से कोई शिकायत नहीं की।

आज धनिष्ठ आवकाश प्राप्त कर घर लौटा तो बड़ा प्रसन्न दिख रहा था।भाविनी ने चाय देते हुए पूछा,"लोग रिटायर होने पर मुंह लटकाए घर आते हैं पर आप की बात ही कुछ और है!"

"क्या और है?"

"निराले व्यक्तित्व के धनी हैं।"

"धनी!और..." धनिष्ठ बोलते-बोलते रुक गया।भाविनी के बगल में बैठ उसका कंधा पकड़ते हुए पूछा,"क्या हुआ भावि?ऐसे क्यों कर रही हो?"भाविनी कुछ जवाब नहीं दे पा रही थी।केवल छाती की दाहिनी तरफ हथेली रखे, आंखे बंद किये हुए बैठी रही।धनिष्ठ घबड़ा गया,"कुछ तो बोलो!"

"दर्द वाली गोली मेरे पलंग पर तकिया के नीचे रखी है।ले आइए।"बहुत दिक्कत से बोल पा रही थी भाविनी।धनिष्ठ के अनुरोध पर मुहल्ले में रहनेवाले सहृदय डाक्टर ने भाविनी को घर पर आकर देखा और उपचार के लिए उचित सलाह दी।उनकी सलाह पर भाविनी को दिल्ली ले गया,जहाँ उसके दाहिने स्तन में मौजूद गांठ को आपरेशन द्वारा काट कर हटा दिया गया। निकाले गये गांठ को हिस्टोपैथोलॉजिकल जाँच द्वारा कैंसर मुक्त पाया गया।फिर भी डाक्टरों ने सचेत रहने की बात कही।

दोनों खुशी-खुशी घर लौटे।रास्ते में ट्रेन के बर्थ पर लेटी भाविनी से धनिष्ठ ने पूछा,"सही-सही बताना, कब से यह रोग छिपाए बैठी थीं आप हुजूर?"

"आज आपको फुरसत मिली पूछने की?"

"हां!क्योंकि आज याद आया कि एक अदद बीवी भी है मेरी। वह काम करने वाली एक ऐसी मशीन है, जिसे बिना ईंधन की मांग किए, अनवरत काम करते चले जाने की आदत है।"

11

बद्रीनाथ-केदारनाथ यात्रा पर जाने की सारी तैयारियां पूरी हो गई थी।अगले दिन सुबह पांच बजे की ट्रेन से हरिद्वार के लिए निकलना था। भाविनी की खुशियां छिपाए नहीं छिप रही थीं।पति के अवकाश प्राप्ति के बाद , विवाह के चालिस वर्षों बाद किसी दूरस्थ धाम की यात्रा पर पहली बार जा रही थी। हरिद्वार पहुंच कर हरकीपौड़ी पर स्नान कर ऋषिकेश चले गए। परमार्थ निकेतन की आरती में शामिल हुए और अगले दिन हरिद्वार से टैक्सी द्वारा बद्रीनाथ धाम के लिए निकल पड़े।लोग पहले केदारनाथ जाते हैं फिर बद्रीनाथ। लेकिन धनिष्ठ ने पहले बद्रीनाथ की अपेक्षाकृत कम ऊंचाई और ठंड वाली जगह पर जाना उचित समझा। बद्रीनाथ के दर्शनोपरांत माना गांव घूमने चले गए। लौटते समय भाविनी ने बाएं हाथ में अचानक तेज दर्द की शिक़ायत की।धनिष्ठ ने झटपट भाविनी के पर्स से दवा निकाल कर उसके मुंह में जीह्वा के नीचे रख दी। कुछ देर विश्राम के बाद जब भविनी चलने लायक हुई तो वे धीरे-धीरे विश्राम गृह के अपने कमरे में लौट आए।अगले दिन भाविनी ने कहा,

" केदारनाथ की यात्रा फिर कभी करेंगे, कहीं शांत जगह पर चलकर कुछ दिन आराम करना चाहती हूं।"

"यात्रा कर पाओगी?देख लो!"

"मैं ठीक हूं।बस भागदौड़ नहीं कर सकती।"

कुछ देर सोचने के बाद धनिष्ठ ने कहा,"मैं पता लगाता हूं कि कौसानी के लिए लक्ज़री बस सेवा है क्या।"

अगले दिन सुबह कौसानी के लिए निकल गए। चार दिन वहां रह कर लखनऊ चले गए। भाविनी बहुत शिथिल दिख रही थी। अतः धनिष्ठ ने उसे लखनऊ पीजीआई हास्पिटल में दिखाने का फैसला लिया। वहां गहन परीक्षाओं के बाद कार्डियोलॉजीस्ट ने बताया कि बद्रीनाथ में बाएं हाथ का दर्द स्किमिक अटैक था और एंजियोग्राफी कराना होगा। धनिष्ठ ने अपने डाक्टर भाई से विचार विमर्श के बाद एंजियोग्राफी कराने का निर्णय लिया। अभ्यंश और मार्तण्ड दोनों से टेलिफोन पर बात हुई।दो दिन बाद एंजियोग्राफी होना तैय हुआ।उस दिन की पूर्व संध्या पर भाविनी बहुत विचलित सी दीख रही थी।धनिष्ठ की हाथेली को अपनी हेथेली में पकड़ लेटी हुई थी।हथेली छोड़ नहीं रही थी।उसकी हथेली जब पसीने से भींगी सी महसूस हुई तो धनिष्ठ को लगा कि भाविनी डरी हुई है। दूसरे हाथ से उसका सिर सहलाता हुआ बोला,

"भावि!कैसा महसूस कर रही हो! बोलो भावि कैसा फील कर रही हो!"

"मुझे घर कब ले चलेंगे? चलेंगे न?"

"हां भावि।बस एंजियोग्राफी हो जाय तो चलते हैं।"

"देखिए न!मैं आपकी दी गई पहली साड़ी,आपके प्रेम में रंगा वह पहला उपहार, वह नीली साड़ी लेकर आई थी। यहां तो नहीं पहन पाई,घर चलते वक्त पहन कर चलूंगी।"

हथेली पर भाविनी की आंखों से टपक रहे आंसुओं की गरम बूंदों ने वशिष्ठ को भावुक बना दिया।उसकी आंखें डबडबा गईं। अचानक धनिष्ठ के हाथ पर भविनी की पकड़ बिल्कुल ढीली हो गई।भाविनी की मुख भंगिमा देख धनिष्ठ का कलेजा अनहोनी की आशंका से धक् से रह गया।उसने नर्स को आवाज़ दी।नर्स ने नब्ज टटोला और तेजी से डाक्टर को बुलाने चली गई। भाविनी हमेशा-हमेशा के लिए चीर निद्रा में सोयी पड़ी थी।

उसकी अंत्येष्ठि, उसकी आखिरी इच्छानुसार वही नीली साड़ी पहना कर की गई जो दशकों से पहने जाने का इंतज़ार कर रही थी।

www.ingramcontent.com/pod-product-compliance
Ingram Content Group UK Ltd.
Pitfield, Milton Keynes, MK11 3LW, UK
UKHW041844200726
13854UKWH00005BA/2048